×羽田真咲
×寺島涼子
×黒沢美鈴
×藤原 舞

×CHARACTER×
×リリ
×木島文雄
×フリージア

× CONTENTS ×

監禁王1

マサイ

BRAVENOVEL
ブレイブ文庫

第一章　はじめての監禁

悪魔が来たりてキャンペーンガール

扉が現れた。

外国の寺院みたいな重々しい木製の扉だ。

それが、僕の部屋のド真ん中に突然現れたのだ。

（な、な、なんだこれ？）

つい先ほど、歌番組で見かけた可愛いアイドルのことをネットで調べ、彼女の年齢と誕生月が自分と同じであることを発見して、ささやかな満足感とともに背後を振り返ると、いつの間にかそれが鎮座していたのだ。

これは怖い。流石に怖い。普通に怖い。

扉は半開き。ここから見る限り、中は真っ暗で何も見えない。

僕は恐る恐る扉のほうへ歩み寄ると、スマホのライトを点灯させて、隙間から中を覗き込んだ。

「ど、ど、どうなってんだ……これ？」

扉の向こう側は、六畳ほどの石造りの部屋。映画なんかでよく見る地下牢みたいな、そんな雰囲気の部屋だ。狼狽《うろた》えながら裏側を覗き込んでみても、扉の裏面が見えるだけ。

「どこか……別の場所に繋がってるってことなのかな？　ど○でもドアみたいな……」

「うーん、惜しいけど、ちょっと違うかな」

思わず首を捻《ひね》る僕の耳元に、突然幼《おさな》げな女の子の声が響いてきた。

驚いて振り返ろうとした途端、ドン！　と背中を押されて、僕はつんのめるように扉の内側へと転がり込む。

「痛ってて……な、なんだぁ!?」

「あはは！　ビックリした？　ねえ、ビックリしたでしょ！」

慌てて顔を上げると、目の前に胡坐《あぐら》を掻《か》くような体勢で、ふわふわと浮かんでいる小柄な女の子の姿があった。

「ひっ！　な、な、な、な、え、うぁ！」

僕は、ひっくり返された虫みたいに足をバタつかせて、必死に後退《あとずさ》る。

「ちょっとぉ！　そんなに怖がらなくてもいいじゃん」

「な、何、なんなの!?　なんで浮いてんの!?　っていうか、だ、誰だよ、キミ！」

「はいはい、別になんにもしないから落ち着きなって、ね！　はい、じゃー深呼吸しよぉー。ハイ！　吸ってー！　吐いてー！」

混乱しながら、僕は言われるがままに深く息を吸いこみ、それを吐き出す。

うん、深呼吸は偉大だ。ちょっと落ち着いてきたような気がする。

「落ち着いた？」

「う、うん、たぶん……」

あらためて見てみると、彼女はかなりの美少女である。

見た目でいえば、中学生ぐらいだろうか？

童顔で可愛らしい顔立ちにカラーコンタクトらしき赤い瞳と、燃えるような赤い巻き毛のショートカット。

こめかみの辺りからは二本のねじれた角が生えていて、ニカッと笑った口元からは、牙みたいな八重歯が覗いている。

服装は、慎ましい胸と股間をわずかに覆っているだけの際どいボンデージ。ステレオタイプなサキュバスのコスプレを想像してもらえば、たぶん大きく外れたものにはならないはずだ。

「それで、えーと、君は……誰？」

僕のその問いかけに、彼女は少し考えるような素振《そぶ》りを見せたかと思うと、顎《あご》に指を当ててこう答えた。

「強いて言うならぁ、キャンギャルかなぁ？」

「きゃん……ぎゃ、る？」

「そう、キャンペーンガール」

あまりにも予想外なその答えに、この時僕はかなり変な顔をしていたと思う。

そりゃそうでしょ。だって、意味わかんないもの。

そんな僕の戸惑いなどお構いなしに、彼女は満面に笑みを浮かべて、どこから取り出したのか、派手にクラッカーを鳴らしながら声を上げた。

「悪魔の応援キャンペーン！　ご当選、おめでとーございま――――す！」

「あ、悪魔？」

「そう、悪魔」

「お、おーえん……」

「キャンペーンね」

目を白黒させる僕に顔を突きつけて、彼女はニッと口角を上げる。

「ぼ、ぼ、ぼ、ぼ、僕！　そ、そんなの応募してないっ！」

すると、彼女は僕の目の前で人差し指を立てて、「チッ、チッ、チッ」と舌を鳴らした。

ちょっとウザい。でも可愛い。悔しいけれど可愛い。

「応募とか、そんなんじゃなくてー。魔界創立一万年記念ってことで、こっちでリストアップした、才能のある人間を無条件に応援しようって、そういうキャンペーンなの！」

「はい？　才能のある人間？　僕が？」

「そうだよぉ。自分で気付いてないかもしれないけどぉ、何百万人という候補者の中で、キミは断トツの才能の持ち主だったんだから！」

「そ……そうなの？　えへへ、そうなんだ」

「そうだよー。君にはとびっきりの悪人の才能がある！」

「……いや、僕、悪人じゃないから」

　思わず、素に戻ってしまった。

　見当違いにもほどがある。こう見えても僕は、コンビニで一円単位のおつりを募金箱に入れる程度には善人なのだ。

「今はまあ、そうかもねー。でもね、でもね！　才能は本当にズバ抜けてんの。そんじょそこらの詐欺師や殺人鬼じゃ、束《たば》になっても敵わないぐらいの悪の才能だよ！」

「貶《けな》されてんの？　僕」

「違うよー！　大絶賛だよー！」

　彼女は、ブンブンと首を振る。

「つまりね、こういうこと！　世の中に悪が蔓延《はびこ》れば蔓延るほどぉ、アタシたち悪魔の力が強くなるから、魔界の総力を挙げて才能のある人物を応援していこうってわけ」

「で、それが僕だと」

　コクリと頷く自称キャンギャル。

　ここまでくれば、流石に僕だって気付く。こんなのに騙《だま》されるわけがない。

「あ、わかっちゃった。わかっちゃったよ。ドッ〇リでしょ、これ。素人騙すヤツだ。カメラどこ？　キミ、タレントさんでしょ？　こんな可愛い悪魔なんているわけないもんね」

「違うよー！　ホントに悪魔なんだって！　可愛くっても、ホントに悪魔なんだってばー！」

「可愛いのとこは否定しないいんだ……。そんなこと言われたって、キミ、ちっとも悪魔っぽくないし」

するると、彼女は少し傷ついたような顔をした。

「ホントに悪魔デビ！　悪魔デビよ！」

「雑!?　キャラ付け雑っ！　語尾にデビってつければ、悪魔っぽいわけじゃないからね！」

「と・に・か・く！　キミが悪事を尽くせば尽くすほど、悪魔が天使たちに対抗できる力が強くなるんデビ！」

「えー……。信じるわけじゃないけどさ。それがホントだったら、マズいんじゃないの？」

「何がデビ？」

「だってさー、応援するから悪いことしろってわけでしょ？」

「違うデビ！　別に無理に悪いことしろってわけじゃないデビ。キミは欲望のままに振る舞うだけで良いデビよ。別に善いことしたって、咎《とが》めたりしないデビよ？」

意地になっているのか、引っ込みが付かなくなったのか、彼女は頑《かたく》なにデビを付ける。

まあ、これ以上揶揄《からか》うのもかわいそうなので、そこには特に触れずにおくことにした。

「でも、そういうのってさ。魂取られたり、最後は皮肉な結果になって自滅したりとかするんじゃないの？」

ボク知ってるよ。漫画やショートショートじゃ、最後は悲惨な結果に終わるんだ。

「あーないない。それって、天使どもが流したでたらめデビ」

「でたらめ？」

「そうそう。勧善懲悪《かんぜんちょうあく》ってやつデビ。要は、善いことしましょうキャンペーン。やってることは天使も悪魔も同じデビよ。そもそも善が正しくて悪が間違ってるって、誰が決めたんデビ？」

「いや……だって、そりゃそうでしょ？」

「違うってば！　ホントはリバーシの黒と白みたいなものなんデビ。今は天使たちの勢力が強いから、善が正しいってことになってるだけだから……デビ」

「えーっと、悪が蔓延《はびこ》れば、悪のほうが正しいって言われるようになるってこと？」

「そういうことデビ。勝てば官軍。悪が大勢を占めれば、悪こそ正義デビ。で、君はものすごく巨大な悪をその胸のうちに秘めているデビ。将来それは抑えが利かなくなるけれど、このまじゃなんの力もないせいで、ただの小悪党になって、刑務所と娑婆《しゃば》を行き来しながら一生を終える運命デビ」

何を言ってるのかよくわからない。

こう見えても僕は成績も悪くないし、模試だって志望校はA判定。一応、真面目な生徒のうちの一人だ。運動音痴で目つきが悪いってのはマイナスだけれど、母さんは社会に出たらそんなの関係ないって言ってたし。

「とにかく、お断り！」

「そう言わずに、まずはお試しで一ヶ月だけ！　遊園地の割引券とか、洗剤もつけるデビ！」

「新聞の勧誘か！」

この時には、僕は彼女とのこの他愛ないやり取りが、ちょっと楽しくなってしまっていた。

だって、しょうがないじゃん。こんなに女の子と話をしたことなんてないんだから。

「まあいいや。で、どんな力が貰えんの？」

「お！　その気になったデビか？」

「話を聞くだけだよ」

「ふっふーん、聞いて驚けデビ！　なんと！　この『部屋』をプレゼントするデビ！」

「は？　この部屋？」

こんな陰気臭くて狭い石造りの部屋を貰ってどうしろと。倉庫代わりに使えってことか？

思いのほかしょぼい話に呆れる僕。ところが彼女は、自信満々に胸を張った。

「正確には、この部屋を創り出す能力デビ！」

「……微妙」

「まあまあ、最後まで聞いてほしいデビ！」

その後に続いた彼女の説明は、かなり長かった。正直、うんざりするほどに長かった。

面倒なので、簡潔にまとめると次の通り。

一、この扉はどこにでも呼び出せます。
二、この扉は所有者と、所有者が許可した者にしか見えません。
三、部屋を削除すると中の物も消滅するのでご注意ください。

四、一度足を踏み入れた者は、所有者の許可なく外に出ることはできません。
五、レベルが上がれば、能力がグレードアップします。

「使い方は君次第。物置にするもよし、隠れ家にするもよし。ペナルティはなーんにもなし。悪い話じゃないでしょ？　えーと、たしかキミ、名前は……」

「木島文雄《きじまふみお》」

「うん、じゃあ、フミフミね」

「なんだ、その足蹴《あしげ》にされそうな呼び名！」

「いいじゃん！　とにかく、能力は使えるようにしとくから！　じゃーねー……デビ」

彼女は取って付けたような『デビ』を残して、現れた時と同じようにいきなり消えた。

✖僕が悪堕《お》ちする日

あれから三日が経った。

最初は微妙だと思っていた『部屋を創りだす能力』だけれど、いざ使い始めると、とんでもなく便利な能力だということがわかってきた。

この能力、『物を運ぶ』ということにかけては、ものすごい力を発揮するのだ。

例えば、教科書を部屋の中に放りこんで家を出て、学校で扉を呼び出せば、手ぶらで登校することができる。それだけじゃない。今まで昼休みはどうにも教室に居づらくて、寝たフリをしたり、トイレに籠もったりしていたのだけれど、この部屋があれば中でのんびり昼寝なんかもできちゃったりする。

扉は、本当に僕以外の誰にも見えないようで、部屋に入るところさえ見られなければ、どこで呼び出しても問題はない。

もっと有効活用するなら、そうだな……たとえば友達同士で旅行する時、皆にこの中にいてもらって、僕が現地で扉を呼び出せば、旅行代金は一人分で済むだろう。問題は一緒に旅行できるような友達がいないことだけれど。

（将来、運送業とか始めちゃってもいいかもね。大成功間違いなしでしょ、これ）

昼休みに入って、そんなことを考えながら席を立とうとすると、いわゆるスクールカースト上位グループの子たちが、いつのまにか僕の机の周りを取り囲んでいた。

「おい！」

「な、何？」

「木島ぁ！　おまえさぁ、自分の立場わかってんの？」

そう言いながら、顔を突きつけてきたのは粕谷《かすや》くん。

サッカー部のエースで、いわゆるイケメン。

噂によると喧嘩もムチャクチャ強いらしくて、他校の不良たちも一目置く存在なのだとか。

そのうえ、話も面白くて、クラスの中心人物で人気者。

どう考えても僕なんかとはなんの接点もないし、去年から同じクラスだけれど、一度も話なんてしたこともない。

「ご、ごめんなさい！」

わけがわからないけれど、僕はとりあえず謝る。だって怖いし。

すると、粕谷くんの背後にいた頭の弱そうな黒ギャル——藤原《ふじわら》さんが、彼の肩越しに揶揄《からか》うような口調でこう言った。

「あはは、聞いたよー。キミさぁ、真咲《まさき》っちに告白したんだってぇ？」

「え、えっ⁉　な、な、なんで！　なんでそれを！」

「きゃはは！　焦りすぎぃ、チョーウケる」

見たまんまの頭の悪そうな口調で藤原さんが笑い声を上げると、彼女の隣にいた黒沢《くろさわ》さんが、ブレザーのポケットから何かを取り出した。

黒沢さんは粕谷くんの彼女だ。ティーンズ誌の読者モデルをやってるというだけあって、すらりとした八頭身で、ビックリするぐらい顔が小さい。

背中までのサラサラな黒髪と、少しつり目がちな目つきのせいもあって、クールビューティーという形容がしっくりくる。

言うまでもないことかもしれないけれど、もちろん僕は、彼女と話なんてしたこともない。

「アンタさぁ、これ見覚えあんでしょ？」

彼女が僕の目の前に突きつけてきたのは、封筒。見覚えのある水色の封筒だった。

「ほんと、何勘違いしたのか知らないけど、身のほど知らずもいい加減にしなさいよね。アンタみたいなのに告白されて真咲、気持ち悪いって怯えてんじゃないのさ」

彼女が手にしている封筒。それは数日前に僕が、ある女の子に手渡したラブレターだった。

その子の名前は、羽田真咲《はねだまさき》。

おっとりとして、丸顔がとっても可愛くて、僕なんかにも優しくしてくれる数少ない女の子だ。

図書委員の当番が一緒になった時には、僕のくだらない冗談にも楽しげに笑ってくれる。本当に良い子なのだ。

(そういえば、真咲ちゃん、黒沢さんとは幼稚園からの友達だって言ってたっけ……)

見れば、黒沢さんの背後に真咲ちゃんの姿がある。

彼女はどこか申し訳なさげな顔をしてこっちを見ていたのだけれど、僕と目が合うと、怯えるように黒沢さんの背に隠れてしまった。

「木島ちゃん、ほんと面白過ぎ。『幸せにしますから』って、もう三段飛ばしでプロポーズじゃん」

お調子者のロン毛——立岡《たちおか》くんがそういって笑うと、皆が一斉にげらげらと声を上げて笑った。

「ま、まさか。よ、読んだの?」

「ん? ああ、みんなでなー。もう最高ぉ。木島ちゃん、ほんっとセンスあるわぁ、笑いの」

立岡くんがそう言って腹を抱えるような素振りを見せると、黒沢さんが髪を掻き上げて、彼を睨みつける。

「なーにがセンスよ。ばっかじゃないの。とにかく！　そこのキモ男！　アンタもう、二度と真咲に近づかないで、話しかけないで、息しないで！　いいわね、わかった？」

いや、「息しないで」は、ムチャクチャだと思いますけど。

だが、もちろん言い返すことなどできるわけもない。そんな勇気あるわけがない。

「わ、わ、わかったから！　それ、返してよ！」

「ちょっ！　触んないでよ！　気持ち悪い！」

黒沢さんの手にしているラブレターを取り返そうと、僕が必死に手を伸ばすと、彼女が悲鳴じみた声を上げる。その途端、頬に激しい衝撃が走って、僕は椅子から転げ落ちるように吹っ飛ばされた。

「てめぇ……何、美鈴《みすず》に手ぇ出してんだよ。ぶっ殺すぞ！」

粕谷くんが僕を殴りつけたのだ。

「え、違っ……そ、そうじゃなくて、僕はただ手紙を」

「うっせぇ！　口答えしてんじゃねーぞ！」

床の上に倒れ込んだままの僕を、粕谷くんが足蹴にすると、他の連中も面白がって踏みつけてくる。

「い、痛い！　やめて！　やめてよ！」

「うはっ、何コイツ、よっわー！」

「ちょっとぐらい抵抗しろよ、おもしろくねーだろ」

僕が頭を抱えて蹲《うずくま》ると、頭上から楽しげに笑う連中の声が降ってくる。悔しいけれど、痛いし、怖い。

しばらくじっと耐えていると、粕谷くんがしゃがみこんで、僕のほうへと顔を突きつけてきた。

「なあ、おい、やめてほしいか？」

「う、う、うん」

「じゃあさ、誠意見せてみろよ。そうだなぁ、土下座でもしてもらおうか」

「……え？」

「土下座だよ、土下座！　僕みたいなウジ虫が迷惑をかけて、すみませんでしたってよ」

僕が一体、何をしたというのだろう。

僕は一体、何に謝らなきゃいけないんだろう。

救いを求めるように周囲を見回してみれば、クラスメイトの大半がニヤニヤと楽しそうな顔でこっちを眺めている。

僕は腹立たしさと怖さで身を震わせながら、身を起こして正座する。

周りを取り囲んでいる連中の期待に満ちた視線。

黒沢さんの冷たい視線。

それを感じながら、僕は床に手をついて頭を下げた。

「ぼ、僕みたいなウ、ウジ虫が……すみませんでした。ゆるして……ください」

「うわーダセェ！　木島ちゃん、ホントダセェなぁ！　ぎゃははは」

立岡くんが弾けるように大声を上げて笑い始めると、そこら中からクスクスと笑い声が響き始める。

僕は悔しさと情けなさに目が潤むのを感じながら、ギュッと唇を噛み締めた。

そして、顔を上げようとしたその瞬間――

「これに懲りたら、二度と真咲に近づくんじゃないわよ！」

「う、うぅ……」

黒沢さんが僕の頭を足蹴にして、グリグリと踏みにじったのだ。


その日、僕は午後の授業を早退した。

唇を噛み締めながら、足早に家へと向かって歩みを進める。

今頃連中は、クラスメイトの皆は、僕のことを笑っているのだろう。

情けないヤツ、くだらないヤツ、気持ち悪いヤツ。

声高に僕のことを罵《ののし》りながら笑う皆の顔を想像して、声を上げて叫び出しそうになる。

胸の内がドス黒い感情で満たされていく。コールタールみたいなドロドロとした感情だ。

（いいよ……笑いたければ、笑えばいい）

今までならば、泣き寝入りするしかないはずだった。だが、今の僕には力があるのだ。

「……後悔させてやるからな」

僕は、あの悪魔の少女が言っていた言葉を思い浮かべる。

『善が正しくて、悪が間違ってるって、誰が決めたんデビ？』

これから僕がやろうとしていることは、間違いなく悪だろう。でも、今の僕には正しいことだとしか思えない。あの連中には思い知らせてやらねばならない。

翌日、僕は教室前の廊下にあの部屋を作り出し、扉の隙間から廊下を見張る。

当然、扉の存在に気付くものはいない。

そして――

「ンッ!?」

「……黒沢美鈴、まずはおまえからだ！」

登校してきた彼女が前を通ったその瞬間、僕は扉を開けて彼女に飛びつき、口をふさいで力任せに部屋の中へと引きずりこんだ。


✖この時はまだ、反省させるだけ。そのつもりだった。

「はぁ、はぁ、はぁ……」

呼吸が荒い。額から変な汗が噴き出してくる。

(やっちゃった。もう後戻りはできないぞ)

僕は、黒沢さんを例の部屋に引きずりこんだ。力任せに彼女を部屋の奥へと放り込んだのだ。

別に、彼女に狙いを定めていたわけじゃない。昨日、僕を取り囲んだ連中なら誰でも良かったのだ。たまたま最初に通りかかったのが、彼女だったというだけの話。

そう思えば、彼女はツイてないとしか言いようがなかった。

「何!? なんなのよ、これ！ ……誰っ、誰よ！ こんなことすんの！」

暗闇の向こうから、彼女の喚《わめ》き声が聞こえてくる。

わかるよ。そりゃ怖いよね。喚けるだけ大したもんだと思うよ。廊下を歩いてて、いきなり暗闇の中に放り込まれれば、僕ならビビッちゃって声も出ないと思う。

「す――――っ……」

僕は大きく息を吸うと、スマホのライトを点灯させて黒沢さんを照らしだす。

「ひっ!?」

喉の奥に息が詰まる音。女の子の短い声。暗闇の中に、眩《まぶ》しげに目を細める黒沢さんの上半身が浮かび上がった。

こうやって見ると、怯えた顔もやっぱり美人だ。

クラスのトップカーストの一人で、昨日僕をぶん殴った粕谷純一《じゅんいち》の彼女。ティーンズ誌の読者モデルで見た目は少しキツめだけれど、八頭身のモデル体型、長い黒髪の美少女だ。

考えてみれば、彼女の実物をまじまじと見たことなんてなかった。そんなことをすれば「何見てやがる！」と、粕谷くんに言いがかりをつけられそうで怖かったからだ。

ただ、彼女の載ったティーンズ誌は買ったことがある。

いわゆる健全なファッション雑誌だけれど、同級生の私服姿、それもちょっと露出度の高いキャミソール姿は、妄想を掻き立てるには充分だった。使い道は言うまでもない。

「やあ、おはよう。黒沢さん」

上擦《うわず》りそうになる声を必死に抑えながら、僕はそう声をかける。

途端に、彼女の表情が怯えを含んだ不安げなものから、あからさまに不愉快げなものに変わった。

「キモ男……」

ただでさえつり目がちの目が、怒りでさらにつり上がる。

「アンタ！　一体どういうつもり！　こんなことしてタダで済むと思ってんの！」

だが、僕は答えない。ただニヤニヤと笑ってみせる。

内心は正直、かなりテンパっているけれど、これは事前に決めておいたこと。

僕が彼女の立場なら、べらべら喋るよりそのほうが怖いと思ったからだ。

「ちょ、ちょっとぉ！　な、なんとか言いなさいよ！」

案の定、黒沢さんの表情が再び不安げなものへと変わっていく。

（あ、ヤバい。これ楽しいかも）

これが、いじめっ子の気持ちってヤツなんだろうか。

彼女たちは昨日、こんな気持ちだったのだろうか。

彼女が怯えた声を漏らす度に、僕のほうは少しずつ余裕を感じ始めていた。

「ア、アンタなんか、純くんに言ってボッコボコにしてもらうんだから！　サッカー部の後輩たちも使ってタコ殴りよ！　覚悟すんのね。もう二度と学校に来れなくしてやるんだから！」

黒沢さんは頬を引き攣《つ》らせながら、腕組みして余裕ぶった笑みを浮かべる。

「い、今なら許してあげるから、ここから出して！　出しなさいよ！」

ホントはかなりビビっているだろうに、必死に虚勢を張る彼女の姿は、一回りして可愛らしいとさえ思えた。

「黒沢さん」

「ひっ!?」

僕が口を開くと、彼女はビクンと身を跳ねさせる。

「まだ立場がわかってないみたいだね」

そして、僕は大袈裟に肩をすくめると、こう言い放った。

「出さないよ。一生」

途端に黒沢さんは、片方の眉を吊り上げて僕を睨みつけてくる。

「あぁん？　ば――っかじゃないの！　わかってんの、アンタ！　これはれっきとした誘拐よ、誘拐！　警察に捕まったら、アンタの人生お終いなのよ！　今なら慰謝料ぐらいで許してあげるから、すぐに出しなさいってば！」

　この態度には流石に呆れた。彼女は、この状況で慰謝料を取る気でいるのだ。気が強いなんてもんじゃない。もしかしたら、粕谷くんも彼女の尻に敷かれてたりするのかもしれない。

　僕が、思わず呆れ顔になったのとほぼ同時に——

「やっほー！　フミフミ！　やっとヤル気になったんだね！」

　突然、僕の頭上に、淡い光をまとった例の悪魔っ娘が姿《こ》を現した。

「なっ!?」

　目を丸くして後退《あとずさ》る黒沢さん。そりゃそうだろう。何もないところから突然女の子が現れて、ふわふわ宙に浮いていれば、そりゃあ誰だってビックリする。

「な、な、なんなのよ、その娘！　なんで浮いてんのよ！」

　悪魔っ娘が放つ光のお蔭で、部屋は随分明るくなった。黒沢さんのことは無視。僕はスマホのライトを消すと、それを尻ポケットにしまいながら、悪魔っ娘へと素っ気なく返事をした。

「別にヤル気ってわけじゃないよ。ただ降りかかる火の粉を払っただけさ」

「降りかかる火の粉ねぇ……。フミフミぃ、かっこつけてもブサイクは治んないよ？」

「うるさいよ」

「でもまあ、フミフミがこのまま他人の人生踏みにじって、力ずくで好き放題にする楽しみを覚えてくれれば、アタシとしてはキャンペーン大成功なんだよねー。たのしいよー。他人の運命、力ずくで捻じ曲げて支配すんの」

「ひでぇ、悪魔かよ……」

「最初から、そう言ってんじゃん」

実際のところ、僕はそこまでするつもりはなかった。

ちょっとお灸を据えるぐらいのつもり。二度と僕に手出しをしようと思わない程度に、痛い目を見せる、それぐらいのつもりだったのだ。少なくとも、この時点では。

「ちょっと！　アンタ！　アタシのこと無視しないでよ！　なんなのよ、その娘！」

黒沢さんがヒステリックな声を上げると、悪魔っ娘は彼女のほうを眺めて、小馬鹿にするような笑みを浮かべる。

「ぷぷぷ、ビビってるぅ。ねぇ、フミフミぃ。意地悪しないでさ、ちゃーんと状況を教えてあげたほうがいいんじゃないの？」

「ところで、デビってのはやめたの？」

「……状況を教えてあげたほうが、い、いいんじゃないデビ？」

どうやら、まだ続ける気はあるらしい。

でも確かに彼女の言う通り、ちゃんと状況を教えてあげるってのは悪くない。

僕は一つ咳払いをすると黒沢さんに向き直り、あえて真面目腐った顔を作って、こう言った。

「紹介します。悪魔さんです」

「はぁーい、どもー」

すると、黒沢さんが一瞬、ぽかんとした顔になる。

「は？　悪魔？　悪魔って……。バカじゃないのアンタ？　ただの痛いコスプレ女じゃん！」

「痛いコスプレ女ッ!?」

ガーンと、ショックを受けたような素振《そぶ》りを見せる悪魔っ娘。

(器用だな……こいつ)

「まあ、信じられないよね。僕も最初はそうだったし。でも実際、この娘《こ》から、この力を手に入れたんだ。何もないところに部屋を創り出す、この力をね」

「部屋を……創り出す？」

「そう。じゃないと説明つかないでしょ？　学校に、こんな部屋ないよね？」

「ば、馬鹿馬鹿しい！　どんなトリックか知らないけど、吐《つ》くんなら、もうちょっとマシな嘘吐きなさいよ。このキモ男！」

僕と悪魔っ娘は顔を見合わせて、二人してため息を吐く。

「うん、まあ嘘だと思うんなら、それもご自由にって感じかな」

「そうデビな。時間が経てば嫌でもわかるデビ」

「もういいわよ、わかったから！　ここから出しなってば！　いい加減にしなよ、アンタ！　ほんとバカじゃないの！　ここから出たら、純くんにボッコボコにしてもらうんだから！」

僕は、いままで人の顔色ばかりを窺《うかが》って生きてきた。だから、表情から感情を読み取るのは得意だ。

黒沢さんの表情に、苛立ちや怒りよりも強く不安が浮かび上がってきたことで、僕は満足した。今日のところは。

「今のままじゃ、まともに話もできそうにないね。じゃあ、二日後にまた来るから」

「え？　ちょ、ちょっと……!?」

「じゃあね」

戸惑う黒沢さんを残し、僕は部屋の外へと飛び出して、間髪入れずに扉を閉じる。

扉の外は教室前の廊下。耳に、始業間近の喧噪が戻ってくる。

「急げ、島《しま》！　遅刻だぞ！」

「んなこと言うたかて！　ちょ、ちょっと待ってぇや！」

目の前を駆け抜けていく女の子たちの姿。廊下には、教室へと急ぐ生徒たちの足音が響いている。時計を見ると朝のホームルームの二分前だった。

「で、ここからどうするんデビ？」

声が聞こえたほうへ目を向けると、悪魔っ娘がふわふわと宙に浮かんでいた。

廊下を通り過ぎていく生徒たちが、彼女のことを気にする様子はない。恐らく今は、僕にしか見えていないのだろう。

「どうもしないよ。反省させたら口止めして解放するさ」

「反省って……どうやって？」

「真っ暗で食べ物も飲み物もないところに、何日も閉じ込められたらどうなるかってだけの話だよ。簡単に飢え死にしたりはしないと思うけど、その前に脱水症状で瀕死ってとこかな」

「なぁんだ。手ぬるい……デビ」

思い出したような「デビ」に、僕は苦笑する。

「そうかなぁ……飢え死に寸前まで追い込まれるって、結構なモンだと思うけど」

人を一人誘拐したというのに、僕の心は不思議と落ち着いていた。

「ねぇ、キミさ、名前なんていうの？」

「ほんとの名前は教えてあげられないデビ。うーん、そうデビなー。リリって呼ぶと良いデビよ」

「じゃ、これからよろしくね。リリ」

「お、やる気になったデビな！」

「まあね」

そんなことを話しながら、僕らは教室の中へと足を踏み入れる。途端に教室の内側から嘲《あざけ》るような笑い声が溢れ出した。

「うっそだろー！　来やがった。昨日の今日だぜ」

「恥ずかしくねーのかよ」

「なんだよー、来るんじゃねーっての！」

「ほら見ろ。ああいう奴は面の皮が厚いんだって、オレの勝ちー！　ナイス、ナイス、木島ちゃん。ほら、おまえら金出せって！」

どうやら、あんな目に遭った僕が、今日登校してくるかどうかを賭けていたらしい。

見る限り『登校する』に賭けていたのは、ロン毛の立岡くんだけだったみたいだ。

「知らないっていうのは、ほんとに幸せなことデビな。おまえらの仲間の女が今、暗闇で震えあがってるのに」

耳元に囁きかけてくるリリに微笑み返して、僕は静かに席に着いた。

✖セックスの仕方を教えてください。

一夜明けて翌日、教室の様子は、普段と何も変わりがなかった。

黒沢さんが二日続けて登校してこないからといって、騒ぎになっているような様子はない。

考えてみれば、彼女はモデルの仕事で普段から学校をよく休む。それだけに皆、いつものことだと思っているのだろう。強いていうなら、黒沢さんの彼氏の粕谷くんが、ＳＮＳのメッセに既読が付かないって、イラついた声で話しているのを耳にしたぐらいだ。

「ちっ……」

だが、粕谷くんの舌打ち、それを耳にした途端、僕の背筋は凍り付いた。

考えてみれば黒沢さんから、スマホを取り上げていなかったのだ。粕谷くんの様子を見る限り、幸い例の部屋は圏外だったみたいだけれど、もし電話やネットが通じていたらと思うと、ゾッとする。

もっと慎重にならないと。昨日、黒沢さんが言っていた通り、これは立派な誘拐なのだから。

不機嫌そうな粕谷くんに対して、立岡くんたちは相変わらず騒がしい。ただ、もう興味がなくなったのか、あれ以降、彼らが僕に絡んでくることはなかった。

あと、変わったことといえば昼休み、真咲ちゃんがちらちらと不安げに僕のほうを見ていたのは気にかかる。黒沢さんのことで何か勘づいているとは思わないけれど、一応気を付けるに越したことはないだろう。


そして、何事もなくさらに一日が過ぎて休日の土曜日、朝八時半。

黒沢さんを部屋に閉じ込めてから、丸二日が経とうとしていた。

僕は手早く朝食を済ませ、母さんに「もうひと眠りするから」と、そう告げて部屋に戻る。

「さぁて……」

僕は逸《はや》る心を抑えながら、例の扉を呼び出した。

気分はまるで窯出しする陶芸家。さて黒沢さんは、いったいどうなっているのだろうか？

胸が高鳴るのを感じながら、僕は五〇〇ミリのペットボトルを抱えて、大型の懐中電灯片手に扉のノブへと手をかけた。

そっと扉を開く。だが、すぐには足を踏み入れない。

無警戒に部屋に入って、襲いかかられでもしたら目も当てられないからだ。慎重になって悪いことは何もない。

リリの説明通りなら、僕が許可しないと部屋からは出て来られないはずだから、扉の外から慎重に中の様子を窺う。

懐中電灯で中を照らすと、最初に目に飛び込んできたのは、床に脱ぎ捨てられたブレザー。中身の散らばったカバン。そしてその向こう、部屋の一番奥に、壁にもたれかかって項垂《うなだ》れている黒沢さんの姿が見えた。

緩めたリボン。第二ボタンまで開いた胸元。そこに覗く細いネックレスが懐中電灯の光を反射して白く浮かび上がる。手首はだらりと垂れ下がり、彼女はだらしなく足を投げ出して座り込んでいた。

僕が部屋に入って後ろ手に扉を閉じると、彼女は静かに顔を上げる。

その挙動は消え入りそうなほどに弱々しい。焦点のあっていない虚ろな目つき。心なしか頬がこけ、目の下には、うっすらと隈が浮いているようにも見えた。

(うわ……。自分でやっといてなんだけど……たった二日で、こんなになっちゃうんだ)

あの気の強い黒沢さんが、見る影もなかった。

「おはよう、黒沢さん」

「…………た、すけて。もう……許してよぉ」

返って来たのは、ドラマなんかに登場する、酒やけしたホステスみたいな擦れ声。二日前に散々耳にした、甲高い喚き声が嘘みたいだった。

ゾクッと、背筋に電流が走ったような気がした。

知らず知らずのうちに口の端が持ち上がってしまう。

なんだこれ。すげぇ楽しい。

「言ったよね、一生出さないって」

「死んじゃう……よぉ……」

「ははっ、そういえば人間ってさ、三日ぐらい水分摂らないと、脱水症状で死んじゃうんだってね。つまり、黒沢さんの一生って、あとたった一日。明日になったら、はい、黒沢さんさようならってわけ」

「うぅう……許し……てよぉ。謝……るからぁ」

「あれあれぇ？　おかしいなー。僕が許してって言った時、黒沢さんってば、許してくれたっけ？」

殺すつもりなんて、実はこれっぽっちもないんだけれど、僕はあえて揶揄《からか》うように彼女にそう告げる。

途端に黒沢さんは、くしゃりと顔を歪めて泣き顔になった。だが水分が足りていないのだろう。涙が零《こぼ》れる様子はない。ただ、犬のような「うぅうぅ」という呻き声だけが、渇いた唇の間から零れ落ちた。

ゾクゾクっと、再び背筋を何かが駆けあがってくる。

いつもいじめられる側だったからだろうか、いじめるのが楽しすぎて、やりすぎてしまいそうだ。

「ごめん、なさい……ごめんなさ、い。許し……てぇ」

僕は彼女の傍に歩み寄り、顎を掴んで顔を上げさせると、強引に目を合わせる。

そして、怯える彼女を冷ややかな目で見つめて、こう言い放った。

「だから、許さないってば」

「お、お金なら、アタシ、ちょ、貯金百万円ぐら……いある、よ」

「へぇ、モデルさんって儲かるんだね。でもいらない」

何げなく見回してみると、壁際に液晶の割れたスマホが転がっている。ヒステリーでも起こして投げつけたのだろう。流石、モデルさん。八つ当たりするモノにも金がかかってる。

「じゃ、じゃあ……ま、真咲との仲を取り持っ……てあげ、る。す、好きなんだよね？　真咲のこと」

「あらま、一昨日は真咲ちゃんに近づくなって言ってたのに。へー売っちゃうんだ、友達のこと。へーそうなんだ」

「う、うぅ……だってぇ……」

「でも、悪いけど真咲ちゃんも同罪だよ。彼女が黒沢さんに話したりするから、こんなことになったけわだしね。黒沢さんを始末したら、次は彼女かな」

始末という単語を耳にした途端、彼女が「ひっ！」と、声を喉に詰まらせた。

「こ、殺さないでぇ……」

「ふーん、死にたくないんだ。でも、このままじゃ脱水症状で死んじゃうよね」

そう言いながら僕は、彼女の目の前でペットボトルを振る。

中身は、ミネラルウォーターですらない。ただの水道水だ。

だが、それを目にした途端、彼女の目がペットボトルにくぎ付けになって、ゴクリと喉が鳴った。

「欲しい?」

「ほ、欲しい……です」

一応、段取りとしては『悪魔の力で、僕のことを誰かに話したら、即死する呪いをかけた』と脅して口を封じたうえで、水を飲ませて家に帰らせるつもりだった。

リリには、さんざん「生ぬるいデビ」って言われたけれど、復讐としてはこんなもんだろうと、そう思っていた。彼女の後には、粕谷くんに立岡くん、藤原さんに真咲ちゃん、その他の取り巻きたち。復讐する相手はまだまだいるのだ。

でも、ちょっと気が変わった。

気が強くておっかないけれど、黒沢さんはやっぱり美少女だ。

体型はすらりと細いし、特別大きいというわけではないけれど、出るとこは出てる。

おっぱい揉ませてもらうぐらいは、役得のウチだよね。

復讐よりおっぱい。やっぱ、おっぱいだよね。

世の男性にアンケートを採れば、八割方同意を得られるはずだ。

イエス、おっぱい!　ハイル、おっぱい!

「じゃ、そうだなぁ……何してもらおうかなぁ」

僕はわざとらしく考え込む素振りを見せる。そして——

「じゃ、おっぱ……」

僕がそこまで言いかけたところで、突然、黒沢さんが食らいつくように声を上げた。

「ヤ、ヤらしたげる！」

「…………はい？」

やらしたげる？　ヤラシタゲル？　や、犯らしたげるぅ!?

僕は思わず目を剥いた。

（つ、つ、つ、つまり、その！　セ、セ、セ、セックスしてもいいってことっ!?）

「さ、最初から、その……つもりだったんでしょ。ヤってもいいから、我慢するからぁ……。お願い……殺さないで」

彼女は懇願するような泣き顔で、三つ目、四つ目とブラウスのボタンを外し始め、はだけた胸元から水色のブラがチラリと見えた。

途端に、頭の中が沸騰するような気がした。

着やせするタイプなのか、想像していたよりもずっと深い胸の谷間に、思わず喉がゴクリと音を立てる。

（待て、待て、待て！　慌てるな僕！）

考えてみればおかしな話かもしれないけれど、この時まで僕は、彼女とセックスできるなんて考えてもいなかった。別に僕が真面目なわけじゃない。セックスなんて、もっと遠い世界の出来事だと思っていたのだ。

だが、ヤるって言われても、こっちは全くの未経験者。

彼女いない歴＝年齢の、完全無欠の童貞である。定冠詞付きの、ＴＨＥ童貞なのだ。

対して、黒沢さんは彼氏もいて、読者モデルとはいえ芸能人には違いない。芸能界は相当乱れてる。（※偏見です）

これだけあっさり身体を差し出してくるのだ。黒沢さんはとんでもないビッチ。いわゆる性豪ってヤツに違いない。こんなの相手にならない。なるわけがない。それこそ、短パンとビーチサンダルで、エベレスト登頂を目指すぐらいの無謀さである。

（ヤりたい。すっげーヤってみたい……）

だが、拙《つたな》いセックスを笑われてしまったら、精神的な優位性が逆転してしまうことだって有り得るのだ。

僕は心の中で血の涙を流しながら、黒沢さんの顎から手を離し、興味なさげな顔で吐き捨てる。

「ビッチには興味ないいな」

途端に、彼女は傷ついたような顔をした。

「……ビッチじゃない、もん。死、ぬくらいなら……我慢しようって、お、思うじゃん」

どうせ演技だ。そんなことでほだされたりなんかしない。

僕は彼女の前にペットボトルを投げ出して、くるりと背を向ける。

「なんか白けちゃった。勝手に飲めばいいよ」

僕は肩越しにそう言い捨てて、扉の外へと歩み出た。

そして、後ろ手に扉を閉じた後、しばしの沈黙。

窓の外から、はしゃぎまわる近所の子供たちの声が聞こえてくる。

「すー、はー、すー、はー、すー、はー、すー、はー」

大きく深呼吸を繰り返して、伸びをする。そして僕は、声を張り上げた。

「リリ！　リリ！　出てきてよ！　リリ！　いるんでしょ！」

「なーに、騒がしいデビねぇ」

途端に、面倒臭げに頭を掻きながら、いつものボンデージファッションをまとった赤毛の女の子が宙空に現れる。その姿を確認するや否や、僕は土下座してこう言い放ったのだ。

「セックスの仕方を教えてください！」

「ええっ!?」


✖そういうの全部、童貞の妄想だから。


赤く腫れあがった頬を擦りながら正座する僕。それをリリが、ジトっとした目で見下ろしていた。

言うまでもないことだが、ブン殴られたのだ。

「つまり、童貞丸出しのセックスをして笑われたくないから、リリで練習させろってことだよね？」

「……デビっての、忘れてない？」

「うるさい。質問に答えろ」

「はい……平たく言えば、まあ……そういうこと……です」

「……ブッ殺ス」

とんでもない殺気を放ち始めるリリに、僕は思わず後退る。

「ちょ、ちょっと待ってよ！　リリだって悪いんだよ。そんな恰好してたら普通ヤリまくってると思うじゃん！　っていうか、悪魔なんでしょ？　貞操なんて気にすんの？」

「リリは悪魔である前に女の子なのッ！　他の女の子を抱きたいから練習台になれって言われて、ハイそうですかなんていうか、バカ！」

ぐうの音も出ないほど、ごもっともである。

「でもさ、魔界の総力を挙げて協力してくれるって言ったじゃん」

「ぐっ……それは確かに言ったけど……」

「だって、リリってば、すっげぇ可愛いしさ。僕だってやっぱり初めては可愛い子がいいもん」

「え、か、可愛い？　そうかな、えへへ」

あれ？　なんだか意外な反応だ。もしかして、リリってチョロい子なんじゃ……。

「そうだよ。だからさ、ね！」

「うーん、仕方ないなぁって、騙されるか！　バカ！」

「ダメかぁ……」

しょぼんと肩を落とす僕に、リリは大袈裟にため息を吐く。

「まったく……やる気を出したと思ったら、すぐコレだもん。女の子を拉致したらエッチしたいとか、結局男の子って、それしか考えられないのよね、あーもうヤダヤダ、さいてー！」

「いや、ほら、だって、殺すのはやりすぎじゃない」

「何が？　サクサク殺《ヤ》っちゃえばいいじゃん」

「お、おう……おまえ、そういうとこだけ悪魔なのな」

「だけとかいうな！」

「と・に・か・く！　僕は殺すつもりないから！」

「むぅ……」

リリは、ぷぅと頬を膨らませる。

彼女は僕が人殺しをしないことが、悪に染まりきらないことが、ご不満なのだ。

仕草は可愛いけれど、怒っている内容はちっとも可愛くない。

「で、殺さなきゃ、いずれ解放することになるだろ？　その場合、どうにかして口封じをしないといけないわけじゃん。それならエッチでメロメロにして、言うことときかせるのが手っ取り早いんじゃないかなって……」

「アホか」

リリが、今度はジトっとした目を向けてくる。

「じゃ、じゃあさ！　こう魔法か何かで、手っ取り早くいいなりにしちゃったりとか」

「魔法って、アンタ」

すると彼女は、小馬鹿にするように鼻で嗤《わら》った。

「マンガじゃあるまいし」

「キミが、それ言っちゃうの!?」

「あのね、この際だから言っとくけど！　魔法だとか、催眠だとか、セックスで女の子メロメロにしたら、なんでも言うこと聞いてくれちゃうとか、そういうのぜーんぶ！　童貞の妄想だから」

「ちょ!?　男の子の夢をそんなに気軽に壊さないでくれる！」

「事実だもん」

「ひどいや……くそっ！　クソ――――っ！」

僕が熱血風に床を叩くと、リリが「チッ、チッ、チッ」と舌を鳴らしながら、人差し指を左右に振った。

なんか、やっぱウザいわ、コイツ。でも可愛いわ。そこが腹立たしいわ。

「早とちりしないでよ。気付かない？　今言った中に、含まれてないのがあるでしょ？」

「へ……何？」

「洗脳よ」

「洗脳？　洗脳って……催眠と一緒じゃないの？」

「違うわよ。ばーか」

僕が思わずムッとした顔をすると、彼女はまるで言い聞かせるみたいに鼻先に指を突きつけてくる。

「いい？　アンタたち人間の常識って、絶対不変の物じゃないの。例えば食べ物を無駄にしちゃダメとか、人に優しくしなきゃダメとか、友達は大事にしなきゃダメとか、そういう教えられたり、経験して学習してきたりしたものを常識って呼んでるだけ。おわかり？　その常識を叩き壊して、アンタにとって都合のいい常識を植え付ける技術。それが洗脳よ」

「うわ……なんか難しそうなこと言い出した」

「そりゃ、難しいわよ。でもね、洗脳は私たち悪魔にしてみれば十八番《おはこ》。得意中の得意なの。どう？　これなら教えてあげられるわよ？」

「本当!?　ぜ、是非お願いします！　リリ先生」

「先生？　んふぅ、先生かー。じゃ、時間もないしスパルタでいく……デビ！」

思い出したかのような『デビ』が、語尾にくっついた。

どうやら、ちょっとは機嫌が持ち直したらしい。

こうしてリリ先生の指導のもと、黒沢さん洗脳プログラムの構築が始まった。

×××

「お腹、へったァ……」

声に出して言ってみた。

もちろん、返事をしてくれる人なんて誰もいない。

「フライドチキン食べたいし、肉まんも食べたい。イチゴ一杯のケーキが食べたいよぉ。ポテチ食べたいよぉ、ミルクティーが飲みたい……よぉ」

あれがほしい。これが食べたいって、考えれば考えるほどにどんどん辛くなってきて、本当に泣きたくなってくる。

ぐぅ……きゅるる……。

暗闇の中に、お腹の音がひっきりなしに響いている。キモ男が置いていった水のお蔭で喉の渇きが収まったと思ったら、こんどは空腹が我慢できなくなってしまった。

(どれぐらい、何も食べてないんだっけ?)

記憶を辿《たど》ると朝食に食べたクロワッサンとサラダが最後。ママに『目玉焼きはいらない』って言ったことを、今はすごく後悔している。

それでも……さっきまでに比べれば、全然マシだと思う。

水さえ飲んでいれば、そう簡単に飢え死にすることはないって聞いたことがあるけれど、嘘じゃなかったみたいだ。モデル仲間の中には、断食ダイエットにハマってるなんて子もいたぐらいだから、しばらくは大丈夫……なはず。

日付の感覚は曖昧。ずっと真っ暗な部屋にいると、今が昼なのか夜なのかもよくわからない。

体調は最悪。お腹が減ったという以外には、何も考える気力もないし、お腹痛いし、ずっと吐き気がしている。それになんだか熱っぽくて、頭の中に靄《もや》がかかったみたいに、ぼぉーっとしている。

「はぁ……」

ため息しか出てこない。

アタシはペットボトルを抱えて、ゴロリと横になる。

ちゃぷんと、水の跳ねる音。腕の中にペットボトルの中で揺れる水の感触があった。

大事に飲まなきゃ。そう思っていたのに、気が付けば水はもう三分の一ぐらいしか残っていない。

それにしても……相変わらず状況はまったくわからない。

ここがどこなのかもわからないし、窓もなければ、壁に耳を付けても外の音は聞こえてこない。スマホはバッテリーが切れた時点で無性に腹が立って壊してしまった。助けを求める手段は何もない。

「悪魔の力で創った部屋……まさか、ね」

流石にそれはウソだと思う。アタシを怖がらせようとしているだけだ。

わかっているのは、キモ男に閉じ込められているという事実だけ。

まさか、あんなヤツにこんなことをする度胸があるなんて、思いもしなかった。

いくら死にそうだったといっても、あんなヤツに許しを乞わなきゃいけないなんて、あまりにもアタシがかわいそうだ。

自分でいうのもなんだけど、美少女モデルだよ？　芸能人だよ？　あんなのを一〇〇人集めても、アタシのほうがずっと、ずーっと価値があるに決まっている。世の中、理不尽だ。ほんと、アタシってばかわいそう。

それにしても——

『ヤらしたげる！』

自分の口をついて出た言葉を思い出して、アタシは手足をジタバタさせた。

(あああああっ！　もう！　アタシ、なんであんなこと言っちゃったんだろ。本当ならあんなヤツ！　アタシに指一本触れる資格もないのに！)

もちろん、気の迷いだ。

喉の渇きがあまりにも辛すぎて、早く水がほしい。エッチすることが目的なら、早く済ませて水を飲ませてほしい。そう思った途端、反射的にあんな言葉が口から飛び出したのだ。

「死にたい……」

うそ、死にたくはない。でも自己嫌悪がすごい。

自分の呟き、その響きが消えてしまうと、再び部屋の中は痛いほど静かになった。

閉じ込められた最初のほうは、とにかく腹が立って腹が立って、壁を蹴りつけたり叫んでみたりしたけれど、とにかく不安になったのは、スマホのバッテリーが切れた後。

真っ暗で、自分のお腹が鳴る音の他には物音ひとつしない部屋。今まで独りでいることを、こんなに怖いと思ったことはなかったと思う。

だから、すごく、すっごく不本意だけど、キモ男が部屋に入って来た時には、正直ホッとしたというのが事実だ。

「本気で殺す気なのか……なぁ。それは、流石にないよね」

他人事のような物言いなのは、現実感がなさすぎるから。

とはいえ、水を与えられなければ、いまごろ死んでいたかもしれないし、このまま何も食べられなければ、いつかは本当に死んでしまうかもしれない。

キモ男が出て行ってから、どれぐらいの時間が経ったのだろう。

おかしな話だけれど、あんなのでもいいから正直、早く来てほしい……。

そんな思いに気付いて、アタシはブンブンと首を振る。

違うから。会いたいわけじゃないから。このまま真っ暗な中で、ただ弱っていくのは辛すぎるというだけ。

あのキモ男が来ないことには、家に帰ろうにも話が進まないというだけだ。

『ビッチに興味ないね』

そう言っていたけど、それはそれで腹立たしい。

ほんと、何様のつもりだろう。このアタシに興味がないなんて、強がりに決まっている。

すっごく、すっごくイヤだけど、ここから出るためにどうしても仕方がないなら、一回ぐらいはエッチさせてあげてもいいとは思う。死ぬよりはマシだ。もちろん、外に出られたら警察に訴えるけど。

もしエッチすることになったとしても、唯一の慰めは、これが初めてじゃないこと。

初めては……先週、純くんにあげてしまったのだ。

初めてのエッチは痛かったけど、温かくて、優しくて、ふんわりと幸せな気分になった。

だから、あんなのに何かされたって……どうってことない。犬に噛みつかれたようなものだと思える。

それよりも、このまま純くんに会えないことのほうが我慢できそうにない。

アタシは純くんからのプレゼント——シルバーのネックレスを指先でなぞって、静かに目を閉じた。

「純くん……会いたいよぉ」

×××

「OKデビ、かんっぺきデビ！」

土曜日午前中から始まった、洗脳プログラムの構築から実施の演技指導。途中、何度かの休憩を挟みながら、その全てが終わったのは翌日、日曜日の朝六時過ぎのことである。

「こんなので、本当に大丈夫かなぁ」

「ああっ！　信じてないデビね？　結局、こういうのは犬の躾《しつけ》と同じなんデビよ。飴と鞭の使い分けなんデビ。とにかく、一番最初は怖いと思わせることが大事なんだから、容赦しちゃダメデビ！」

「でも……流石に暴力は……」

「心配しなくても、軽く叩くだけで充分デビ。何せ相手は死にかけてるんだから」

「まあ確かにそうかも。もう丸三日も水しか飲んでないからね。あんまり無茶したらホントに死んじゃうかも」

「でも三日ってのは、丁度良い頃合いデビ」

「何がさ？」

「認識障害が起こり始める頃デビよ」

「何それ？」

「簡単に言えば、そうデビなー。ガス欠みたいなもんデビ。人間の身体は何も食べないと、脳を働かせるグルコースっていう体内物質が使い切られて、代用物質が作られるんデビ」

「代用物質？」

「そう代用。あくまで代わりデビ。グルコースと全く同じようにはいかないデビ。で、代用物質の比率が最高に高まるのが七二時間後。つまり丸三日デビ。その頃には、まともに頭が働かなくなるデビよ。だいたい、酔っ払い程度の知能に落ちると考えて良いデビよ」

「なるほどねー」

アホっぽいと思っていたリリから、スラスラとこんな話が出てきたことには驚いたけれど、悪魔という連中は、普段からこういうことを活用しているのだろう。

「ともかく、最初は体力勝負デビ。今から寝て一休みするデビ。で、起きたら、プログラム開始デビよ」

そう言って彼女は、ぐっ！　と親指を立てた。

「これで、フミフミも童貞卒業デビ！」

✖洗脳プログラムスタート

（おなかすいた。おなかすいた。おなかすいた。おなかすいた。おなかすいた。おなかすいた。おなかすいた。おなかすいた。おなかすいた。おなかすいた。おなかすいた。おなかすいた）

もう……頭の中はそれで一杯。意識が朦朧《もうろう》としてる。なんか、ふわふわしてる。ちょっと気持ち良くなってきてるのが、すごく怖い。

眩暈《めまい》が酷くて床に寝転がっていても、ずっとグルグル回っているような気がする。

（ターンテーブルの気持ちって、こんな感じなのかな）

ちょっと前に仕事で参加したＤＪイベントの風景を思い出しながら、そんな意味不明なことを考えていると、唐突にギギギッと木の軋むような音が聞こえて、暗い部屋の中に光に縁取られた扉の形が浮かび上がった。

（あ、来た……キモ男）

ムカつく、でも待ってた。やっと来た。ホッとした。でも怖い。めっちゃ怖い。嬉しい。あれ？　嬉しいんだ。でもイヤ。キモい。

感情はぐっちゃぐちゃ。もう何がなんだかわからない。

イヤなんだけど、イヤなはずなんだけど、間違いなくアタシはホッとしていた。

逆光の中にキモ男のシルエットが浮かび上がって、鋭い光が網膜に突き刺さる。

（眩しいってば……）

無遠慮に懐中電灯を向けられて、目がチカチカした。私は思わず目を細める。

「おーい、黒沢さん。まだ生きてる？」

キモ男のそんな間の抜けた声が聞こえてきて、どうしようもなくイラっとした。

「……死にそーだってば」

アタシの呟きが聞こえたのかどうかはわからないけれど、キモ男は遠慮の欠片《かけら》もない足取りで傍まで来て、偉そうに顔を覗き込んでくる。

「なんだ、大丈夫そうじゃん」

その途端、頭の中で渦巻いていた『おなかすいた』の大合唱の隙間から、ふつふつと怒りが湧き上がってきた。

（どこが大丈夫なのよ！　他人事みたいな顔してさ）

お腹が空いてて、単純にイライラしてたっていうのもあるけれど、緊張感の欠片もないその物言いに、つい頭に血が上ってしまったのだ。

「ここから出しなさいよ……キモ男。ちょっと揶揄《からか》われたぐらいで逆恨みしてさ……ほんとみっともない」

それほど大きな声ではなかったと思う。そもそも、もう声を張り上げるほどの元気なんてない。

でも、途端にキモ男の顔色が変わるのを目にして、アタシはハタと我に返った。

（やばっ！）

そう思った時には、もう遅かった。

「きゃっ⁉」

キモ男が大きく手を振りかぶったかと思ったら、次の瞬間、突然頬に痛みが走る。

耳元でバシンッ！　と、破裂するような音がして、頬がジンジンと熱を持った。

（ぶたれた⁉）

そう思った途端、ジワリと目じりから涙が溢れ出てくる。

見上げると、キモ男がじっとアタシのことを睨んでいた。

（やだっ！　怖い、怖い、怖い！）

慌てて身を起こそうとしても、身体が強張《こわば》って上手く起き上がれない。痛みは大したことなかったけれど、そんなの関係ない。怖過ぎる。

「あ、あはは、じょ……冗談、じょ、冗談だから……」

アタシはもう、自分でもどんな顔をしているのかわからなくなっていた。愛想笑い、媚びるような微笑み。

たぶんそんな顔。アタシは、必死に床を蹴って後退ろうとした。

「違うの。ちが……っ!?」

アタシのそんな言葉を振り払うように、キモ男は太腿を蹴り上げてくる。

「痛ぁあぃ！　ごめん！　ごめんってばぁ！　うぅ……」

思わず悲鳴じみた声が漏れる。それでもキモ男は黙ったまま、じっとアタシのことを見下ろしていた。

(怖い、怖い、怖い！　もうやだよぉ！　怖いよぉ！)

奥歯がガタガタと音を立てる。身体の震えが止まらない。このまま殺されちゃうんだと思うと、ボロボロと涙が零れ落ちた。

何をどうすればいいのか全くわからない。アタシは目を逸らすこともできずに、ただキモ男が何か言ってくれるのを待つことしかできなかった。

「……黒沢さん」

「う、うん！」

「ヤらせてあげるとか……言ってたよね？」

その瞬間、アタシは逃げ道を見つけたような気がした。この耐えがたい恐怖から逃れる方法を見つけたと、そう思った。必死だった。

「え、あ、あ、う、うん！　ヤらせてあげる！　ヤらせてあげるよ！　だから怒らないでってば！」

美少女モデルのアタシを抱けるのだ。どんな男だって喜ぶに決まっている。そう思っていた。疑いもしなかった。でも、キモ男は喜ぶどころか、アタシの胸倉を掴んで、鼻先に顔を突きつけてくる。

「ヤらせてあげる？　どの口でそんなことほざいてんの？」

「え？　え？　え？」

キモ男が何を言おうとしてるのかさっぱりわからなくて、アタシはただ顔を引き攣らせた。

「ヤりたきゃ、力ずくで犯すことぐらいわけないのはわかるよね？　こんな風にさ」

「ひっ⁉」

キモ男が、アタシの胸を掴んでぎゅっと捩《ね》じり上げた。でも、アタシは振り払うこともできない。身を強張らせることしかできなかった。

「黒沢さんには身体ぐらいしか差し出せるものもないのに、なんで上から目線で『やらせてあげる』なんて言えるの？」

「だ、だって、アタシはモデルで……」

「それで？」

それでの三文字。たった三文字。それだけで、アタシは何も言い返せなくなってしまった。

「うぅ……」

もう呻くことしかできなかった。自分がすごく弱くて、すごく惨めなものとしか、思えなくなっていた。

もう、何をどうしていいのかわからない。お腹痛い。辛くて、哀しくて、涙が止まらない。でも、頭の片隅で、泣いたら水分が勿体《もったい》ないと思ってしまったことが、本当に、本当に惨めだった。

ところが、そこで突然——キモ男がニコリと微笑んだ。

(何？　なんで？　怒ってたんじゃないの？)

途端に、アタシは大混乱。ただでさえ霞がかっていた頭の中がぐちゃぐちゃになって、わけがわからなくなった。

「なんの価値もないくせに勘違いしちゃったんだね。かわいそうな黒沢さん」

(アタシ……勘違いしてたんだ？　そうなんだ……)

「大丈夫だよ。ちゃんと教えてあげる。ここから外に出られる方法を、僕がちゃんと教えてあげるから」

アタシは耳を疑った。

「だ、出してくれるの？　お家に帰してくれるの？」

「黒沢さん次第だね。でも、チャンスが欲しかったら、頭を下げて頼むのが筋だと思わない？抱かせてあげるじゃなくて、抱いてくださいってお願いするのが筋ってもんでしょ？」

何を言われてるのか、よくわからなかった。

「え？　じゃないよね？　たとえば僕が黒沢さんとエッチして、黒沢さんのことを大好きになったりしたら、当然大事にしたいと思うよね？　そうなったら、当然ここから出してあげようと思うよね」

（そうか、好きになってもらえばいいんだ！）

霞がかった頭の中で、アタシはぼんやりとそう思った。

納得してしまった。それしかないんだと、そう思った。

むしろ出口を見つけたような気がして、嬉しくすらなっていたのだ。

いつの間にか、キモ男の手がアタシの胸を揉みしだいている。さっきとは違って、やさしい手つき、ホッとするような手つき。

「エッチなことをするメリットがあるのは誰だい？」

「ア、アタシ！」

「うん、そうだよね。じゃあ、頭を下げてお願いするべきなのは誰かな？」

「……ア、アタシだよ、ね？」

なんとなく、おかしいなと思いながらも、それを否定することができなかった。ただ、チャンスを逃しちゃダメだ！　と、そんな思いがグルグルと頭のなかで渦を巻いていた。

「じゃあ、黒沢さんは、なんて言えばいいのかな？」

「え、え、え？」

「えーと……アタシを、その……抱いてくださ……い」

「そんなんじゃ、やる気出ないなぁ。ほら、エッチな漫画とか小説ぐらい読んだことあるでしょ。もっとエッチなお願いの仕方があるでしょ？」

「え、え、じゃ、じゃあ、えーと……」

アタシは、楽屋に置いてあったレディコミのセリフを思い浮かべる。まさか自分が口にすることになるなんて……。

「お願い……します。み、美鈴をメチャクチャに犯してくだ……さい」

言っちゃった。すごく恥ずかしい。顔が熱い。

すると、キモ男はアタシの頭を優しく撫でてくれた。

「はい、よくできました。そこまでいうなら仕方ないよね。我慢して犯してあげるよ。但しメリットがあるのは黒沢さんだからね。僕は大人しく寝てるからさ、どうしたら僕を満足させられるか、自分で考えてやってごらんよ」

「う、うん、が、がんばるから……」

×××

僕は裸になって、冷たい床の上に寝転がる。

間抜けな恰好ではあるけれど、懐中電灯を消してしまえば真っ暗だ。恥ずかしくもなんともない。

それにしても……怖いぐらい上手くいった。

黒沢さんが、酔っ払い程度の知能に落ちているというのは、本当みたいだ。

僕はほくそ笑みながら、リリとのやり取りを思い起こす。

×××

「へったくそなセックスを笑われたくないんだったら、向こうに全部やらせればいいんデビ」

「どういうこと？」

「つまり、フミフミは寝てるだけデビ。それを満足させろって命令するんデビよ。フミフミは何もしないわけだから、失敗しても全部あの女の子のせいってわけ」

「えー、でもそれってさ、黒沢さんが、自分から積極的にやろうと思わないと無理なんじゃないの？」

そこでリリが、ビシッと指を突きつけてきた。

「だからそこがポイントなんデビ。幸い相手はまともに頭が回らないデビ。少々ムチャクチャな理屈を捏ねてもおかしいと思えないデビ」

「そんなに上手くいくかなぁ……。で、具体的には、どうすればいいの？」

「まずは気に食わないことを挙げて、ぶん殴ったり蹴っ飛ばしたりして、怪我させない程度に怖がらせて追い込むんデビ」

「えー……あんまり暴力は」

「大丈夫デビ。相手は弱ってるから軽く頬を叩いたり、踏んづけたりするだけで相当堪《こた》えるはずデビ。一番大事なのは怒ってるフリ。怒らせたら暴力を受ける。怖い目に遭う。というのを、心に刻み込んでやるんデビ。その逆に、従順に従ったらご褒美を与えてやるデビ」

「飴と鞭ってことね」

「そうデビ。で、最初の重要ポイントは、鞭を使って散々追い込んだ後、逃げ道を用意してやることデビ。それも決定的なのを」

「決定的って、どんなの？」

「あの部屋から解放される方法デビ」

「え!?　解放しちゃうの？」

「早とちりしちゃダメデビ。つまりフミフミを惚れさせることができたら、外に出してあげたくなるって教えてあげるんデビよ。人間は目標とか目的がないと生きていけない生き物デビ。これで、あの女の子の目標は、フミフミに惚れられることになっちゃうデビ」

「……なるほど、じゃあ黒沢さんは、僕を惚れさせようと頑張ってエッチなことをするようになるってこと？　そんなに上手くいくかなぁ……」

「大丈夫デビ。でも、今日のところはあくまで第一段階。まずは、エッチしたっていう事実を作ることが目的デビ」

「そうなの？」

「いつまでも何も食べさせないと、死んじゃうデビ。でも何か食べさせたら、知能レベルは元に戻っちゃうデビ。それでも一回ヤッておけば、ハードルがぐーんと下がるデビ」

「……なるほどね」

「あとは時間をかけて洗脳していくデビよ。適度に飴と鞭を使い分けながら、徐々に扱いを変えていくことで、そうデビなぁ……二週間もあれば、あの娘はフミフミの可愛いペットデビ。ムチャクチャ惚れさせて、ポイって捨てちゃうのも楽しいし、いつでも抱ける都合の良い女として飼うってのもあり。風俗に売り飛ばしちゃうっていうのも、ゾクゾクするデビねー」

「リリ」

「ん、なんデビ？」

「おまえ、ホント悪魔だわ」

「そうデビよ」

×××

何を当たり前のことを。と、そう言いたげなリリの姿を思い出して、僕は思わず口元を歪める。それとほぼ同時に、黒沢さんの声が聞こえてきた。

「ね、ねぇ……その、暗くてよく見えないの、ど、どこ？」

「しょうがないなぁ」

僕は懐中電灯を点《とも》して、股間の辺りを照らしだす。

暗闇の中に浮かび上がる四つん這いの黒沢さんの顔。その眼前数センチのところに、期待のあまり、早くもフル勃起した僕のモノがそそり立っていた。

「ひっ!?」

目を真ん丸にして仰け反る黒沢さん。いきなりそんなものが目に飛び込んできたら、ビックリするのも当然だ。

彼女は驚き顔のまま、呆然と僕のモノを凝視している。

あまりにコントじみたその光景に、笑いそうになるのを必死に堪《こら》えて、僕は苛立っているフリをした。

「グズグズしてると、終わりにしちゃうよ？」

「ま、待って！　す、すぐ、は、始めるから！」

慌てる黒沢さんの姿を眺めながら、こみ上げてくる笑いを噛み殺す。

僕は楽しくて、楽しくて、本当に楽しくて仕方なくなっていた。

✖すごくおいしい。

懐中電灯に照らし出された黒沢さんの顔は、耳まで赤くなっているように見えた。

緊張の面持ち。だが、つり目がちなその目は、微妙に焦点が合ってなくて、どことなくぼんやりした雰囲気を醸し出している。それも飢餓による知能低下のせいなのだろう。

僕は、息を呑んで彼女を待ち受ける。

だが、彼女は僕のモノへと手を伸ばしかけた姿勢のままに硬直し、怯えるように指先を震わせていた。

「やる気がないなら、しまっちゃうけど？」

僕が意地悪くそう声をかけると、黒沢さんは困ったとでもいうように眉根を寄せる。

「ち、違うの、や、やる気がないとかじゃ……なくて」

「何がさ？」

僕が首を傾げると、彼女はおずおずと僕のモノを指さした。

「その……コレ、大きすぎない？」

（んなわけない）

流石はビッチというべきか。『大きい』っておだてれば、気を良くするとでも思ったのだろう。

でも、その手には乗ってやらない。

「さあ？　大きいかどうかなんてわかんないよ。他の人のなんて見たことないしね。僕よりも黒沢さんのほうがわかるんじゃないの？　ビッチなんだしさ」

すると、彼女は少し傷ついたような顔をした。

「またビッチって言ったぁ……。ひどいよぉ。アタシだって、純くんのしか見たことないんだからぁ」

　彼女のその口調はどこか子供っぽい。さっきよりも、さらに知能レベルが低下しているように見える。それだけに、彼女の物言いには、思ったことがそのまま漏れ出したかのような真実味があった。

（あれ？　そうなの？　ヤりまくってるんじゃないの？）

「ふーん、じゃあ、粕谷くんのより大きいってこと？」

「う、うん。こ、これに比べたら純くんのは……その、もうちょっと、うぅうん、だいぶ……かわいかった」

「ぶはっ！」

　これには、僕も噴き出さずにはいられなかった。

　どうやら粕谷くんは、相当可愛いモノをお持ちらしい。

　悪気はないとはいえ、彼女にそれをバラされるなんて、流石に憐れとしか言いようがない。

「ふふっ、ふふふ、そうかー、そうなんだぁー」

　単純だと思われるかもしれないけれど、これで僕は一気に上機嫌。

　僕にも、あの粕谷くんに勝っている部分があるというのだから、気分が悪かろうはずがない。

　僕が、突然ニヤニヤしだしたのが不思議だったのか、黒沢さんは戸惑いながら問いかけてきた。

「ね、ねぇ、どうしたらいいの？」

「だから、自分で考えてみなって言ってるでしょ？　気持ち良かったら、ちゃんと気持ちいいっていうからさ」

「う、うん。えーっと……上下に擦ればいいんだよ……ね、これ」

黒沢さんはゴクリと喉を鳴らすと、恐る恐る僕のモノに手を伸ばす。そして怯えながら、手をそーっと上下させ始めた。

卵でも手に取るかのようなソフトタッチ。擦るというより、表面を撫でているという感じだ。気持ち良くないわけじゃないけれど、ムチャクチャじれったい。

(あれ？　なんか本当にビビってる？)

「あのさ、黒沢さん……。そんなんじゃ、いつまでたっても終わんないよ？」

すると、彼女は泣き出しそうな顔で呻《うめ》いた。

「ううぅ……だって、どうしたらいいかなんて、わかんないよぉ」

「別に初めてってわけじゃないんでしょ？」

「そんなこと言ったって……ま、まだ二回目だもん。前はアタシじっとしてただけだもん。その……純くんが全部シてくれたんだもん」

「はぁ？　マジで？」

この状況で嘘を吐いているとは、到底思えない。

この美貌で、気が強くて、読者モデルで、彼氏持ち。当然ヤりまくってるものだと思っていたのだけれど、どうやらそれは僕の偏見だったらしい。

だが、これは本当に困ったことになった。

ビッチに自分からヤラせればいいじゃんって計画が、そもそもビッチじゃなかったという大誤算。ここまでは事前の打ち合わせ通りに上手くいっていたというのに、予想外のところで躓《つまず》いた。

何せ、かたや童貞、かたや超ビギナー——膜はなくとも四捨五入して処女と言っても良い。大惨事の予感しかしない。

例えばこれが、初々しい恋人同士とかなら、下手くそだということも許容しあえるのかもしれない。だが、僕らはそうじゃない。

彼女に自主的にやらせようとしてもこの有様。だからと言って、僕がへったクソなさぐりさぐりのセックスを披露してしまったら、ここまでの苦労が水の泡だ。

(八方ふさがりじゃないか……)

そう思った途端——

「むふぅ。お困りのようデビね。なんならリリが、エッチのやり方を教えてあげてもいいデビよ！」

突然、宙空に淡い光をまとった赤毛の悪魔っ娘——リリが姿を現した。

何もないところから、女の子が突然姿を現すという異常な出来事ではあるけれど、流石に二度目ともなると、黒沢さんにも驚く様子は見られない。

彼女はただ、ぼんやりとリリのほうを見上げてこう言った。

「あ、コスプレの娘だ」

その瞬間、リリのコメカミに青筋が浮かび上がる。だが彼女は、多少顔を引き攣らせてはいるものの、強引に微笑みを浮かべた。

「コ、コスプレじゃないデビよー。悪魔さんデビよぉー」

(おお……よく耐えた。偉いぞ、リリ)

黒沢さんに、悪気があるわけじゃない。単純に頭が回っていないだけなのだ。ここで怒鳴りつけて萎縮させてしまえば、話が進まなくなるということが、リリにもわかっているのだろう。

「お、おい、リリ……エッチのやり方って……」

僕が戸惑う素振りを見せると、彼女は意味ありげな目配せをしてくる。任せておけということなのだろうか。

彼女は黒沢さんの隣に舞い降りると、馴れ馴れしくその肩を抱いた。

「アタシぃ、黒沢ちゃんの味方デビよ」

「味方……なの？」

「そうだよぉー。大丈夫、アタシの言う通りにやれば、こんなヤツすぐに骨抜きにできちゃうから！」

リリのその物言いで、大体の話が見えてきた。

彼女は味方のフリをして黒沢さんに指示を出し、予定通りに自分から望んでエッチをする……そういう流れにもっていくつもりなのだ。

もちろん、それは黒沢さんにとっても天祐というべきものだろう。案の定、彼女はあっさりと食いついた。

「う、うん、お、お願い！　教えて！」

「じゃ、脱いで！」

リリのその一言に黒沢さんは、きょとんとした顔をした。

「え？」

「え？　じゃないデビ。男の子はね。視覚で興奮するものなんデビ。だから、黒沢ちゃんのえっちぃバディを見せつけてやるの。それだけでもう、ほぼ勝ったも同然デビ！」

「そう……なんだ。うん、わかった！」

なんの勝ち負けかはわからないけれど、意外にも黒沢さんは素直に服を脱ぎ始めた。

赤と紺のタータンチェックのスカートがストンと床に落ちて、一つ、また一つとブラウスのボタンが外されていく。ふぁさっ、と白いブラウスが床に脱ぎ捨てられると、目の前には同級生の女の子、それもあの黒沢さんの下着姿が現れた。

八頭身の長い手足、巨乳というほどではないけれど、思ったよりもずっと豊かな胸。それを包んでいるのは、白い刺繍に縁取《ふちど》られた水色の下着である。サテンのような光沢のあるそれは、黒沢さんにとても似合っているような気がした。

もちろん下着の良し悪しなんてわからないけれど、読者モデルの彼女が身に着けているのだから、それなりに高いものなんだろうと思う。

最後に、黒沢さんがソックスに手をかけようとした途端、「あ、靴下は履いたままのほうが良いデビね。そのほうが興奮するデビ」と、リリがすかさず制止する。

（アイツ、実は着ぐるみで、中におっさんが入っているんじゃないか？）

男の性癖を理解しすぎである。

（それにしても……）

僕は下から上へと視線を動かしながら、黒沢さんの下着姿をまじまじと眺める。

染み一つない白い肌。可愛いおへそ。腰は綺麗にくびれている。服の上からではわからなかったけれど、胸やお尻は意外と大きい。

同級生、それも学校で一番有名な女の子のあられもない姿。家族や彼氏を除けば、どんな男も見たことのないエッチな姿。そう思えば鼓動が速くなって、知らず知らずに股間が強張っていく。体中の血を集めて、亀頭が痛いほどに張り詰めた。

ビクンビクンと脈打つ僕の股間を目にして、黒沢さんが目を丸くする。

「すごーい、また大きくなっちゃったぁ、えへへ……」

刻々と、思考能力が落ちていっているのだろう。彼女はいつものクールさからは想像もできないような無邪気な笑みを浮かべると、「よーし、じゃあ！　もっと」と、ブラのホックに指をかける。

だが、リリが慌てて、それを止めた。

「ちょっと待つデビ！　まだ脱いじゃダメデビ」

「え……そ、そうなの？」

「ほら、お菓子なんかも、かわいくラッピングされてるほうがおいしく見えたりするデビ？全部脱いじゃったら興覚めデビよ」

「そうなんだ」

「そうデビ。だからやるとしても……せいぜい」

そう言いながら、リリは黒沢さんのブラの片側をわずかにずらして、乳輪の上のほうだけ……ギリギリ乳首が見えないぐらいを覗かせる。

「これぐらいデビ」

僕の目はそこにくぎ付け。

白い肌と水色のブラのはざまに、淡いピンクの乳輪。もうちょっとで乳首が見えそうなのに……見えない、このもどかしさ。

(リリ……おまえ、絶対ち〇ぽついてるだろ！)

思わず、はぁはぁと呼吸を乱す僕をにんまりと眺めた後、リリは黒沢さんに向き直って、僕の股間を指さした。

「じゃ、始めるデビ。せっかくパンパンに大きくなってるんだから、まずはアレを責めるデビ」

「う、うん。どうしたらいいの？」

「さっき視覚が大事って言ったデビ。でもそれだけじゃダメデビよ、ちょっと耳を貸すデビ」

リリが、何やらひそひそと耳打ちしたかと思うと、黒沢さんはうんうんと頷いて、僕の足の間に跪《ひざまず》いた。そして、色っぽく身を捩《よじ》りながら、そっと手を伸ばして僕のモノを握る。

その刺激に僕は思わず、ビクンと身を跳ねさせた。

僕のほうが体温が高いのだろう。ひんやりとした掌の感触が心地いい。

彼女は、じっと僕の目を見つめたまま、股間に顔を近づけると愛おしげに頬ずりしながら、こう呟いた。

「おち○ぽ♡」

「ッ!?」

正直に告白する。イクかと思った。ヤバかった。

あの黒沢さんが、グロテスクな僕のモノに頬ずりしながら、あんな卑猥な言葉を口にするなんて……。

リリ、恐ろしい子。童貞のツボを理解しすぎである。

(アイツ、実はち○ぽ生えてる。二本ぐらい生えてる)

僕は、本気でそう思った。

それにしても、黒沢さんに全く抵抗がなさそうなのは、知能低下のなせるわざか。

一種の認識障害らしいから、たぶん言われるがままに行動しているだけなのだろう。

(これ、知能レベルが回復したら自殺もんだぞ……)

そんな僕の胸のうちをよそに、ち○ぽの「ぽ」の口の形のまま動きを止めていた黒沢さんに、リリは背後から抱き着いて、優しく耳元で囁きかけた。

「ほら、ビクンビクンしてるのわかる？　気持ち良さそうでしょ？　嬉しいよね？　気持ち良くなってくれたら嬉しいでしょ？」

「うん……嬉しい、かも」

「じゃあ、もっと気持ち良くしてあげようね。つぎはお口でしてあげよう……ね」

「……うん」

リリに促されるままに、黒沢さんがコクンと頷いた。

彼女の唇が近づいてくると、敏感なところに吐息がかかる。

すでに漏れ出している先走りの汁が、亀頭でぬらぬらと光っていた。

それを舐めとるかのように、彼女の舌が僕の鈴口をちろりと舐めた途端、背筋に電流が走ってビクンと身体が跳ねる。

(な、なんだ!?　手でするのと全然違う！　口でされるのって、こんなすごいの!?)

「あはっ！　すごーい。黒沢ちゃん上手ぅ。めちゃくちゃ気持ち良かったみたいだよ。ビクンってしてたでしょう。もっとやっちゃえ、やっつけちゃえ！」

「えへへ……」

いつのまにやら、リリの口調からデビが外れている。うん、たぶん単純にやりにくかったんだろう。

リリが煽ると、勢いづいた黒沢さんの舌の動きが、どんどん大胆になっていく。

「レロレロ、ちゅ、ちゅくっ、ちゅくっ……」

目の前で黒沢さんの赤い舌が、僕の赤黒い亀頭を這いまわる。

ざらりとした感触、ぬらりとした感触。唾液の乗った熱い舌先が亀頭に触れるたびに、痛みと勘違いしそうなほどの鋭い快感が襲いかかってきた。

「うっ！　くっ……くぅうう……」

情けないとは思うけれど、声が漏れるのを抑えられない。

何せ、あの黒沢さんが僕のものを一心不乱に舐めている。冷ややかに僕のことを見下していたあの黒沢さんが、悩ましげに眉根を寄せて、必死に舌を伸ばしているのだ。

その光景を見ているだけでも心臓がヤバいというのに、こんなにペロペロ舐められたら、興奮しすぎて死んでもおかしくないとすら思える。

そんな僕の様子をにんまりとした顔で眺めながら、リリは黒沢さんの耳元に囁きかけた。

「いいよー！　いいよー！　黒沢ちゃん、すごいよー。効いてる！　効いてるよー！」

「ほへへ……ひひほ？」

「うん、うん、バッチリだよぉ。このまま骨抜きにしちゃえ！」

リリが親指を立てると、黒沢さんは亀頭に舌を伸ばしたまま、えへへと笑い声を漏らした。

「よーし、咥えちゃえ！」

リリがそう言った途端、黒沢さんはパクリと僕のモノを口に含んだ。

「ッ!?」

うっすらと頬を染めた彼女の顔、そのピンクの唇がボクのモノを咥え込んでいる絵面は、あまりにも衝撃的だった。

初めて体験する口の中は、すごくぬるぬるで温かい。あまりの心地よさに、先っぽのほうから蕩《とろ》けて消えてしまいそうな気さえした。

「いいよー。黒沢ちゃん。さいっこー！　そのまま上目遣いに目を見つめて、おもいっきりしゃぶっちゃおー！」

言われるがままに、黒沢さんは上目遣いに僕と目を合わせながら、顔を上下させはじめる。

「ん、んぁ……ちゅっ、じゅる。じゅる、じゅるるっ」

頬がこけ、唇をうんと突き出した浅ましい顔。あのクールビューティーが、見る影もない。鼻の下が無様にのびて、肉棒を唇で懸命に咥え絞めている。

(黒沢さんのこんなエッチな顔、たぶん、粕谷くんだって見たことないだろ)

絶え間なく襲いかかってくる快感と、粕谷くんへの優越感の中で、僕は思わず身を捩った。

「んっ、じゅぶ　ちゅっ……くちゅっ、ちゅぱっ、んっ、んんっ、ちゅるっ……」

「お、くっ……！」

あまりの気持ちよさに僕の身体に力が籠もった。仰け反るように身を捩ると、彼女は一瞬、驚いたような顔をした後、逃がさないとでもいうように、僕の腰にしがみついてくる。

そして次の瞬間、ずぞぞぞぞっと、まるで掃除機のように強く吸い上げられて、僕は今にも射精しそうになった。

「う、うぁ！　くっ！」

僕は腰に力を込めて必死に堪える。こんなに簡単にイカされるわけにはいかない。いくらなんでも早すぎる。僕はもっとこの快感を味わっていたいのだ。

だが、僕が逃れるように腰を引くと、彼女はさらに深くボクのモノを咥えこんで、ちゅるちゅると吸い上げてくる。

そこが僕の限界だった。

「う、うっ、うあぁ！」

下腹部が震えた。ドプッ！　と、亀頭が脈を打った。

びゅるっ、びゅるるっと、彼女の口唇の奥で熱い液体が跳ねる。驚きに頬を歪める黒沢さん。だが、彼女は口を離そうとはしなかった。

「ン――――ッ！　ンン――――ッ！」

それどころか、呻き声を上げながらも、じゅるじゅると音を立てて僕のモノをさらに吸い上げていく。

「くぅぅううっ！！」

ほとんど痛みに近い鋭角的な快感に、僕は思わず歯を食いしばった。

自分でも驚くほどに長い射精。びゅっ！　びゅっ！　と、間欠泉のように噴き出す精液。彼女はひとしきりそれを吸い終わると、僕のモノから口を離して、ゴクンと喉を鳴らす。

飲み込みきれなかった精液が口の端から溢れ、白い筋になって零れ落ちた。

「の、飲んじゃったの？」

思わずそう問いかけると、彼女は口の端に滴った精液を指で掬い上げてそれを指ごとしゃぶる。そして、焦点の合わない目を僕に向けると、嫣然《えんぜん》と微笑みながらこう言った。

「おいしい……もっとぉ……」

「おいしい!?」

「うん……すごくおいしいの、ねぇ、もっと出してぇ」

とろんとした目つきでそう呟くと、彼女は再び僕のモノをパクリと咥える。

「く、黒沢さん!?」

慌てる僕に構うことなく、彼女は「ふー、ふー！」と、威嚇する猫みたいに呼吸を荒げながら、唇をすぼめて一心不乱に僕のモノをしごき始めた。

「ちょ、ちょっと待って！　イったばっかりだから！　そんなすぐには出ないから！　リリ！　どうなってんの、これ！」

救いを求めるようにリリの方に目を向けると、彼女は宙空で腹を抱えて笑っている。

「あはははは、予想以上だー。うんうん、そりゃ、おいしいよねー！　何せ、三日ぶりの栄養だもん」

「ガチで食糧的な意味っ!?」

言われてみれば、この三日間、彼女は水しか飲んでいないのだ。

思考が酔っ払いレベル、いやそれ以下にまで落ちているせいもあって、これはもはや生存本能の域である。

ぐーきゅるるるっ……

耳を澄ませてみれば、ボクのモノをしゃぶる、ぐじゅぐじゅっという水音の中に、彼女のお腹が鳴る音が混じっている。

確かに黒沢さんはモデルだけあって、顔は可愛いしスタイルだって凄い。そんな子が下着姿で一心不乱に僕のモノを咥えている姿は、かなりクるものがある。

だからと言って、ノンストップで二発目なんて無理だ。

「リリ、な、なんとかしてよ！」

「えー。黒沢ちゃんの頭には、フミフミの精液＝おいしいものって刻み込まれたわけだし、ペットにエサを与えるつもりで出してあげたら？」

そう言ってリリは、悪魔らしい微笑みを浮かべた。

スピードキング

じゅぼっ、じゅるる、ちゅっ、じゅぼぼっ！

僕のモノを咥え込んで、おかわりをねだるように必死にしごき上げてくる黒沢さん。イったばかりでそんなに激しくされると流石にキツい。僕は慌てて、リリに救いを求める。

「リリ！　なんとかしてってば！」

「しょうがないなぁ……もー」

リリは、いかにも面倒臭げに赤い髪を掻いて、黒沢さんの傍へと舞い降りる。そして、我を忘れて僕のモノをしゃぶり続けている彼女の頭を撫でながら、その耳元へと囁きかけた。

「ねぇねぇ、黒沢ちゃん。そんなのより、もっとおいしいもの食べようよ。フミフミを満足させられたら、後でなーんでも好きなもの食べさせてあげる」

彼女はピタリと動きを止めたかと思うと、ちゅぽんっと音を立てて、ボクのものから口を離した。

「なんでもぉ？」

「そう、何食べたい？」

彼女は「んー」と考えこむ。やはり、その仕草もどこか子供っぽい。

目つきはとろんと蕩けているのに、見た目は相変わらずのクールビューティー。

それだけになんというか……違和感がすごかった。

「んーとね、んーと、ステーキ！」

「そっかー。ステーキかー。あはは、昭和の子供みたいな回答ありがと」

リリが再び頭を撫でると、彼女は「んっ」と陽だまりの猫みたいに目を細める。時間を追うごとに刻々と、彼女の挙動に幼児性が増しているような気がする。確かに知能レベルは落ちているけれど、なんだか、聞いてた話とちょっと違うように思えた。

「ねぇ、リリ……、知能レベルが落ちるって言ってたけどさ。こんな幼児退行みたいなことになるもんなの？」

「あはは、えーとねぇ……たぶんこの娘、本当はかなりの甘えん坊なんだと思うよ。理性が弱くなってる分、本質的なところが顔出してる感じじゃないかなー。彼氏と二人きりとかだと、たぶんムチャクチャ甘えるタイプなんでしょ」

「……マジか」

ツンデレ？　いや、クーデレか。人によっては面倒臭いと思うんだろうけれど、僕としては女の子に甘えられるシチュエーションにはすごく憧れる。ましてや、クールな女の子が自分にだけ甘えん坊とか……。

正直に告白すると、この時僕は、粕谷くんのことをすごく妬ましいと思った。

そんな風に、僕が嫉妬に身を捩っていると、追い立てるように、リリがパンパンと手を叩く。

「とにかく！　やっちゃうのが目的なんだから、しおれてる場合じゃないでしょ。なんとかしなさいよ！」

「なんとかって……」

「ち○ぽおっ立てろって言ってんの！」

「えぇ……」

リリってばお下品。思わずドン引きする僕の様子に、彼女は仏頂面になる。

「ほんと、世話がかかるんだから……じゃあ、リリが時間を稼ぐから、その間になんとかしなさいよね」

「時間を稼ぐ？」

戸惑う僕を放置して、リリは黒沢さんの顔を覗き込むと、子供に言い聞かせるような口調で囁きかけた。

「じゃあ、ちょっと準備しようねー。黒沢ちゃん」

「なーに？」

黒沢さんが首を傾げると、リリは彼女の背後からしがみついて、いきなりその胸を鷲掴みにする。

「やん！」

「はーい、じっとしててねー。ちゃんと濡らしとかないと、入るものも入んないからねー」

リリは、いじめっ子のようににんまり微笑んで、ブラの下へとするりと指先を滑り込ませた。

途端に、ビクビクビクッと、黒沢さんの身が跳ねる。

「ひぅん！　やん、乳首摘まんじゃダメぇ！」

彼女は腰を浮かせて、拒むように身を反らす。だが、リリに手を止める気配はない。絡みつくように黒沢さんに抱き着いて、背後から執拗に指の腹で乳首を擦り上げた。

「ほら、気持ちいいでしょ？　我慢なんてしなくていいよー」

「あぁん……んんっ、んっ、はぁ、やん⁉　あぁっ……」

上気して赤くなった頬と白いうなじ、首から肩へのラインと鎖骨のへこみが生々しい。

黒沢さんが次第に声を甘く潤ませながら身を捩ると、ずれたブラの上辺から薄桃色の乳首が顔を覗かせた。

「いやぁっ、んっ……っ！　ふぁ、あ、あ、あぁぁ……」

「黒沢ちゃんったら敏感。もうこんなに硬くなっちゃってる」

リリはサドっけたっぷりに、にんまりと口元を歪める。そして、彼女の乳首を摘まんだり捻ったりと弄《もてあそ》びながら、その唇を自らの唇でふさいだ。

「んんっ!?」

黒沢さんは、驚愕に目を見開く。だが、それも一瞬のこと。すぐにその眼は、とろんと快楽の中に蕩けていく。

舌の絡み合う、ちゅくちゅくといやらしい水音。はあ、はあと熱っぽい吐息。ビクンビクンと電流を流されたかのように白い肢体が跳ねる。彼女は、もはやされるがまま。リリは口の中を舐め回しながら、執拗に乳首を責め立て続けていた。

やがて、リリがつねるようにギュッと乳首を引っ張ったその瞬間、「んっ！　んぅぅぅぅ……！」と、彼女は激しく身を捩る。

だが、絶頂寸前というところで、リリはパッと手を離した。

「はぁ……はぁ……なんれぇ、なんれ、やめひゃうのぉ……」

蕩け切った顔、目じりにうっすらと涙を浮かべる黒沢さん。そんな彼女に、リリはにんまりと意地悪な微笑みを浮かべて、こう告げる。

「残念だけど、イかせるのは、リリの役目じゃないのよねー」

「しょんなぁ……」

黒沢さんが、はぁはぁと吐息を漏らしながら項垂れると、リリは唐突に彼女のショーツの中へと手を滑り込ませた。

「じゃ、次はこっちで遊んじゃおうかな」

「いやぁ……ダメぇ……」

水色のショーツの中で指先が蠢くと、途端に黒沢さんが「ひん!?」と身を跳ねさせる。だが、リリはすぐに手を引き抜いて、それを彼女の目の前に晒し、指先で糸をひく液体を見せつけた。

「ほら、見えるぅ？　すっごいでしょ？　黒沢ちゃんってばエッチなんだから。もうこんなにぐちょぐちょになってる」

「やぁん……。そんなこと言わないでぇ……は、はずかしぃよぉ」

黒沢さんがいやいやと首を振ると、リリはにんまり笑って、再び彼女のショーツの中へと手を差し入れた。

ちゅくっ、ちゅくっ、ぢゅくっ。

「んんっ、はっ……はっ、あんっ、あ、あ、あ、あぁっ」

布地の下で指が蠢くと、淫らな水音の上を黒沢さんの艶《なま》めかしい喘ぎ声が音階のように駆けあがっていく。

「いやぁ……何これ、こんなの初めてぇ。気持ち良すぎるのぉ、イくの？　アタシ、イっちゃうの？　あん、いや、あ、あ、ああ……」

激しく身を捩る黒沢さんに、僕の目は釘付けになる。さっきイったばかりだというのに、節操も無く股間は再び硬さを取り戻し始め……いや、もうギンギンに張り詰めている。痛いぐらいだ。

賢者タイム？　何ソレ、知らない。

この光景を目にすれば、賢者も速攻パンツを脱ぐに違いない。目の前でこんな濃厚なレズプレイを見せられたら、誰だって興奮するに決まっている。

「はぁ……はぁ……」

呼吸が乱れて、心臓が胸の奥で跳ねまわっている。たぶん今、僕の目は血走っていると思う。もう、じっとしてなんかいられない。僕が思わず身を起こすと、途端にリリは指の動きを止めた。

「なんれぇ……またぁ……」

イキかけたところを再び寸止めされて、黒沢さんが辛そうに呻く。リリは、そんな彼女の耳元に、そっと囁きかけた。

「お・ま・た・せ？」

「ふぇ……？」

戸惑う黒沢さん。リリは、そんな彼女を強引に立ち上がらせる。

彼女の身体は弛緩しきっていて、膝がガクガクと震えていた。まるで生まれたての小鹿のようだ。リリが手を離せば、そのまま前のめりに倒れこんでしまいそうにすら思える。

だが、彼女が立ち上がると、座り込んだままの僕の顔の辺り、眼前数十センチのところに彼女の股間がくる。

水色のショーツ。愛液がいやらしい染みをつくる股ぐらが、僕の目の前にあった。

「あはは！　フミフミ、ドアップだよぉ。ほーら、ちゃんと見てあげてねー」

リリの指先が、黒沢さんのショーツ、その股布を僕に見せつけるように横へとズラしていく。

「いやぁ……んん」

黒沢さんの抵抗は弱々しく、そこには濡れそぼったピンクの襞《ひだ》が、生々しく震えていた。

初めて目にした女の子の秘部は、想像していたよりも、ずっと複雑な形をしていた。

いやらしいという言葉を形にすると、こんな風になるに違いないと、僕は本気でそう思った。

目を血走らせながらも呆然とする僕。それを楽しげに眺めながら、リリは充血してプクッと膨らんだ秘芽を指先で摘まむ。

「まず……これがクリ〇リスね」

「ひんっ!?」

途端に、黒沢さんが甲高い声を上げながら仰け反る。

「あはは、黒沢ちゃんってば、やっぱびんかーん。で、こっちが大陰唇で、その内側が小陰唇
……」

今度は、指先でピンクの花弁をなぞって僕に見せつけてくる。

「どう、すっごくきれいなピンク色でしょ？」

ぬらぬらと濡れたリリの指先。それが指し示す先を眺めながら、僕は思わず喉を鳴らした。

「挿《い》入れたい？」

僕は、リリのその問いかけに、呆然と頷く。

挿《い》入れたい。挿《い》入れたいに決まってる。僕の股間は、もうパンパンに腫れあがっているのだ。

「黒沢ちゃん、ほら見て。黒沢ちゃんがあんまりエッチだから、フミフミったら、もう我慢できないって」

リリがそう囁きかけると、黒沢さんの蕩けた目、その視線が僕の股間で止まった。

「はぁ、はぁ……さっきよりぃ、はぁ、大きくなって、るぅ……」

「そうだよぉー。黒沢ちゃんのエッチなところ見て、あんなに大きくなっちゃったんだよぉー。よかったねー。あれ挿《い》入れたらきっと気持ちいいよぉ？　ぜったい気持ちいいよぉ……」

「気持ち……いぃ……？」

とろんと蕩けた目つき。真っ赤に発情しきった頬。男を誘ういやらしい表情。黒沢さんのそんな姿を見ているだけで、自然と呼吸が速くなる。

リリは、顎で僕に寝転べと促し、僕は言われるがままに後ろへと倒れこむ。途端に興奮しきった僕のモノが天井を指すようにまっすぐに屹立して、ビクンビクンともどかしげに震えた。

「ほら、ぜーったい気持ちいいって、簡単だよ。あの上に座るだけでいいんだもん、すっごく気持ちいいよぉ」

「はぁ、はぁ……きも……ちぃぃ」

だらりと舌を垂らして、黒沢さんは熱っぽい目で僕の股間を凝視している。

リリが僕の身体を跨ぐように黒沢さんを立たせると、彼女は息を荒げながら、膝から崩れ落ちるように座り始めた。

リリは僕のモノを指先で摘まんで、黒沢さんの秘裂へと導いていく。

ちゅくっ……。

いやらしい水音と濡れそぼった肉の感触。わずかな抵抗とともに、蒸しタオルのような熱さが僕のモノ、その先端を包み込んだ。

「うあっ、あ、あぁっ、ぁあああん……」

黒沢さんは苦しげに眉根を寄せながら、じりじりと腰を落としていく。

ずるっ、ずりっ、ずるり。

「う、き、きつっ……」

膣口が僕のモノをぎゅっと締め上げて、その先の予想外の狭さに僕は思わず呻いた。

そして、彼女が力尽きるように一気に腰を落とすと、僕のモノがじゅるんと秘唇を割って穴の奥へと侵入する。

ズンッ！　と僕のモノが膣奥を突き上げたその瞬間、黒沢さんは身を仰け反らせて、悲鳴にも似た声を上げた。

「ひぅっ!?　ぁあぁあああああっ！」

ぷるぷるの膣肉が、ぎゅぎゅっと肉棒を締め上げて、奥に突き刺さった亀頭に、子宮口のコリッとした硬い部分の感触。

途端に、言葉にできないほどの歓喜が、僕の胸の内側を満たしていく。とんでもない興奮。とんでもない高揚感。筆舌に尽くしがたい感情が僕の頭を沸騰させた。

（あの黒沢さんとセックスしてる！　セックスしてるんだ！）

だが、そう思った途端、興奮しすぎたせいか、僕はあっさりと限界を迎えてしまった。

「くっ、イクっ！」

「え、ちょ!?　ちょっと！」

リリの慌てる声を聞きながら、僕は歯を食いしばる。

「くっ、ぐ、ぐ、ぐぅううう！」

だが、もうダメだ。どうにか押し留めていたものが、一気に決壊して彼女の中へと溢れ出した。

びゅっ！　びゅるるるるっ！

「んあっ、ぁあああああっ！」

黒沢さんが白い喉を反らせて声を上げると、膣襞《ちつひだ》が蠕動《ぜんどう》して射精途中の肉棒をどん欲に搾り上げる。

途中で射精を止められるわけがない。僕は為す術もなく、びゅっびゅっと精を吐き出し続けた。

目の前で星が散る。地面がぐるりと回ったような気がした。想像以上の気持ち良さだった。

同じ出すだけだというのに、自分でするのとはこんなに違うのかと感動すらした。

「はぁ……はぁ……。あんっ、な、膣内《なか》にびゅびゅって出されてるよぉ……出てるよぉ……」

黒沢さんが恍惚とした表情でそう呟く。

二人が繋がっている部分を覗き込むと、彼女の秘唇がぱっくり開いて、僕のモノをどん欲に呑み込んでいる様子がはっきりと見えた。

(すごい……景色だな、これ)

全てを出し切って肩で息をしていると、リリが額に手を当てて呆れたような顔をする。

「フミフミぃ……折角ここまでお膳立てしたのにぃ」

「ごめん……」

「そのまま、もう一発いけるんでしょうね」

「いや、無理だって。さっき一回出してるし……」

途端に、リリは天井を仰いだ。

「これだから童貞は……。挿入した瞬間にイっちゃうとか、絶頂《のぼり》最速の伝説打ち立ててどうすんのよ。このスピードキング！」

「スピードキング!?」

「しょうがないなぁ……あんまり使いたくなかったんだけど……」

リリは腹立たしげに顔を歪めると、宙空から小瓶を取り出して、僕の眼前に突きつけてくる。

「これ飲んで！」

「な、何?」

「ただの精力剤だから」

「ああ、それは助かる」

「副作用とかはないけど、ただ魔界のだからちょっと強力……って……ぁあああああっ!」

リリが素っ頓狂な声を上げて、僕と繋がったまま惚《ほお》けた顔をしていた黒沢さんが首を傾げた。

✖彼女は犯されたがっている。

「ま、まさか、全部飲んじゃったのぉ!?」

「飲めって言ったじゃん」

そりゃ、飲むでしょ、全部。普通の栄養ドリンクぐらいの量だもの。

「舐めるぐらいでいいのに!」

「そういうことは、早く言ってよ!」

言うが早いか、いきなり僕の身体に劇的な変化が訪れた。

胃の中がカッと熱くなって、黒沢さんの膣内に入ったままの僕のモノが、ビクビクビクッと激しく痙攣する。

「ひぃん! いやぁん、動かさないでぇ!」

彼女が悲鳴じみた声を上げたのとほぼ同時に、僕の心臓がドクンと大きく跳ねた。

ヤバい跳ね方をした。

「うっ、うぁ……ッ！」

僕は思わず胸を押さえて顔を顰《しか》める。

ヤバい。ヤバい。ヤバい。身体中の血が、激流のような勢いで巡っているのがわかる。まるで、心臓が身体中に散らばったみたいに、血管という血管が脈打っている。

次の瞬間、僕は身体の奥、そのまた奥、そのさらに奥の奥から、何かが迫《せ》り上がってくるのを感じた。

飢えにも似た感覚、渇きにも似た欲求。目の前の獲物を骨の髄まで味わい尽くしてやりたいという底知れぬ欲望。衝動。それは、いままで感じたこともないような獰猛で凶悪な衝動だった。

「あぁあああああッ！」

身を仰け反らせて絶叫する僕を目にして、リリが「やばっ！」と声を漏らす。

もう我慢できない。

僕は黒沢さんのくびれを掴むと、力任せに腰を突き上げた。

「ひんっ！　きゃん！　きゃぁあああ！」

彼女が悲鳴を上げても関係ない。容赦しない。

(もっと鳴け！　もっと喘げ！)

彼女の怯える表情に、益々血が滾《たぎ》って、秘裂に突き刺さったままの僕のモノがさらに大きさを増す。

　膣襞をこそぎ落とすかのように擦り上げ、快感を彼女の脊髄へと捩じりこむ。パイルバンカーのように彼女の胎内を掘削する。

「やっ、やぁん、はげっ、はげしっ……ぁぁあ！　ひぅん！」

　彼女の身体を力任せに突き上げると、さっき出したばかりの精液が、一突きごとに肉襞の間からぶしゅっ！　と音を立てて噴き零れた。

「あん、あん、あ、ひっ、あぁあぁ！」

　下から勢いよく突き上げられて、黒沢さんは激しく身を捩る。彼女は一突きごとに、切羽詰まった声を漏らし、その声は次第に追い込まれていくかのように甲高くなっていく。

　つり目がちなはずの目。いまやその目尻はだらしなく垂れさがり、表情は淫らに蕩けていた。

「あ、っあ……あん、ああん、あんっ、ひぐっ、ふかいぃ……！」

(気持ちいい。ムチャクチャ気持ちいい。もっと！　もっとだ！)

　突き上げる体勢がもどかしくなって、僕は身を起こし、そのまま彼女を押し倒す。

「え、な、何？　きゃっ、あん！　お、重ぃっ……」

　肉棒は彼女を刺し貫いたまま、僕は怯える彼女をそのまま自分の下に組み敷くと、体重をかけながら、正常位で必死に腰を叩きつけ始めた。

　じゅぶっ、じゅぶっ、じゅぶっ、じゅぶっ、じゅぶっ！

「あ、いやっ、あ、あん、深いっ、お、奥、当たって！　あん、あん、あひっ、ひんっ、あ、あっ！」

　濁った水音の上を、彼女の甲高い嬌声が跳ね回る。

　僕はもう、彼女に身動きさせるつもりなんてなかった。

（こいつは……この女は、僕が気持ち良くなるための道具だ。ち○ぽをしごくための、ただの肉穴だ。ガバガバになるまで使い潰してやる）

「あん、も、もうやめっ、つらいのぉ、やめ、あん、あん、あん……いやぁぁぁん、すごいとこに当たってるぅ！　ひゃあああん！」

　甲高い喘ぎ声が耳に心地いい。無意識なのだろう。いつのまにやら、彼女は両足で僕の腰を挟み込んでいた。

　長い黒髪は乱れ、口の端からは、だらしなく涎《よだれ》が零れ落ちている。上気した頬は艶っぽく、表情は必死。

　目の端に溜まった涙が男の劣情をさらに誘った。

「あひっ、ゆ、ゆるしてぇえ！　もう、ゆるしてぇぇぇ……！」

　彼女のその絶叫に、僕の中でさらに凶暴な感情が牙を剥いた。

　許すものか！　そうだ。これは復讐だ。僕を辱めたのはこの女だ。僕を足蹴にしたのは、この女なのだ。

　草食動物を捕食する肉食獣のイメージが脳裏をよぎる。

　食らい尽くしてやる。骨の髄まで貪ってやる。

途端に、喉の奥から獣のような咆哮が迫り上がってきた。

「がぁあああぁぁぁッ！」

僕は必死に腰を動かしながら、両手で挟み込むように彼女の頭を掴み、強引に目を合わせた。

「黒沢！　いや……美鈴ッ！」

「ひっ！」

顔を背けることなど許さない。彼女の怯えきった顔、それを見据えながら、僕は彼女を怒鳴りつける。

「見ろ！　しっかり僕の顔を見ろ！　目を逸らすな！　これがおまえを犯している男の顔だ！　おまえが足蹴にした男の顔だ！」

「いやぁあああ！　ひんっ！　ご、ごめ……んなさぃ……ゆ、ゆるし……あん、いやぁあ……」

彼女は怯えるように、身を強張らせる。

すると、皮肉なことに彼女の肉穴は、僕のモノを逃すまいと、ぎゅっと一層強く絞めつけてきた。

そうだ！　遠慮などいらない。彼女の身体は、こんなに僕に犯されたがっている。

「いいや、許さない。美鈴！　おまえはもう僕のモンだ。ここから二度と出さない。ずっと犯し続けてやる。この顔をよく見ろ！　この顔を見たら、即座に股を開くような淫乱女になるまで犯し尽くしてやる！」

「いやぁ、淫乱いやぁあああぁぁあああ！」

彼女が悲痛な声を上げたその瞬間、僕は大きく腰を引いて、とどめとばかりに彼女の膣奥へとそれを叩きつけた。

スパン！　と、肉と肉がぶつかり合う音が響いて、充血しきった亀頭が彼女の胎内を抉《えぐ》る。

「ひゅげっ!?」

途端に、彼女は大きく目を見開いて、潰れたカエルみたいな声を漏らした。そして次の瞬間、彼女の子宮を圧し潰した僕の肉棒、その先端が勢いよく爆《は》ぜた。

びゅっ！　びゅびゅっ！　びゅるるるるるっ！

「あっ、あ、あ、あぁぁ！　でてるぅ！　びゅーびゅーでてるぅ！　あついぃぃいいいい！　イっ、イクゥぅうううぅぅうう！」

僕の腰を彼女の両足がぎゅっと締め付けてくる。

自分でも信じられないほどの長い長い射精。彼女の奥、子宮の奥を、僕の精液がびちゃびちゃと音を立てて叩いている。

「あ、あがっ、あ、ぷひっ、ふぁ、あ、ああ、ぴょ、ひっ！」

彼女は、壊れた玩具みたいにガクガクと身を震わせながら、もはや喘ぎ声ともいえないような奇声を漏らしていた。

「はぁはぁ……あぁ……ぁはぁ……」

ひとしきりの射精が終わると、彼女はだらしなく舌を伸ばしたまま、ビクン、ビクンと身体

を跳ねさせる。

だらしないアヘ顔。あの美少女モデルのこんな顔。きっと誰も見たことがないであろう絶頂《イキ》顔。それを見てるんだ。僕だけが……。

そう思った途端、再び僕の股間が熱を持ち始めた。

ちっとも萎える気配はない。身体は少しも疲れていないし、溢れ出しそうな欲望が今も、じくじくと下腹の辺りで疼いている。

「まだ……足りない」

僕のその呟きに、彼女は惚け顔のまま悲痛な声を漏らした。

「うそぉ……や、やらぁ……もうむりぃ死んじゃうよぉ……」

だが、そんなのお構いなし。僕は、再び腰を動かし始める。

その光景を宙空から眺めていたリリが、呆れ顔で肩をすくめた。

「あーあ……これ、無理だわ。黒沢ちゃーん。ごめんねー、もう気が済むまでやらせないと止まんないみたい。また明日来るけどぉ――」

惚け顔のまま、焦点の合わない目でリリのほうを見上げた黒沢さんが、救いを求めるように手を伸ばす。だが、その手を振り払うように、リリはこう呟いた。

「――それまで、死なないでね」

「たすけれぇ……」

宙空に消えるリリ。

途端に、黒沢さんの表情に絶望が刻み込まれる。それがまたそそるのだ。

意識が朦朧としているのだろう。僕が唇で彼女の唇をふさぐと、媚びるように舌が絡みついてきた。そうだ。彼女の身体は、まだ僕を求めている。

夜は長い。まだ僕は、彼女を貪り尽くしてはいない。

✖はじめてのレベルアップ

「うひゃぁ、すんごい匂い……」

アタシは、思わず鼻をつまんだ。

一言で言えば、『性』の匂い。一夜の残り香なんて言い方をすれば、ロマンティックなようにも思えるけれど、なんのことはない。オスとメスの体液の匂いだ。

酸っぱい……甘酸っぱいじゃなくて、酸っぱい。

昨晩、魔界の栄養ドリンクのせいで、フミフミが大暴走を起こした。

人間のくせに、魔界でも今時流行らないような凶暴化《バーサーク》をぶちかまし、とんでもない勢いで黒沢ちゃんを犯し始めたのだ。

しばらく様子を眺めていたのだけれど、フミフミのあまりのケダモノっぷりに、アタシはあっさり諦めた。

（無理、無理、こんなの止められない。近づいたら、こっちもヤバいでしょ、これ）

そう判断したアタシは、お腹も空いたし、お風呂も入りたかったたし、見たい番組もあったので、一旦魔界へ戻ることにしたのだ。ごめんね。黒沢ちゃん。

ちなみに、件の栄養ドリンクだが、魔王さまによる『今夜も妃がご機嫌でね』のキャッチコピーでおなじみ、魔界では普通に店頭販売されているロングセラー商品だ。貴重品でもなんでもない。

流石に人間に飲ませたことはなかったけれど、ここまで劇的な効果を示すとは思わなかった。

それはともかく、今は朝の七時半。アタシは、再びこの部屋へと戻って来た。

あらためて部屋の中を見回してみても、アタシの頭に浮かぶのは、『大惨事』の三文字だけ。

べちょべちょのぐちょぐちょだ。

まーいいわ。それは、まーいいわ。

最大の問題は――フミフミが、未だに黒沢ちゃんを犯し続けていることだ。

（おいおい、マジかー……）

時間にして八時間以上。ただでさえ、三日も何も食べていない黒沢ちゃんは、どう見ても死にかけていた。

意識はなさそうだし、ピクピクと身体を痙攣させながら、白目を剥いて泡を吹いている。

フミフミは、そんな彼女の両足を掴んで、パイルドライバーみたいな体勢で腰を叩きつけ続けていた。

（これは、えげつない……）

悪魔をドン引きさせられる人間が、まさかこの世に存在しようとは……。

黒沢ちゃんは、もはや精液まみれ。まるで頭からバケツでぶっかけられたかのように、白濁液にまみれている。

それだけじゃない。どれだけ膣内に出したのかはわからないけれど、彼女の下腹は妊婦のようにパンパンに膨らんでいた。

(一応、安全日なのは確認済みだけど、妊娠なんてしてないよねぇ……)

女を孕ませること、それ自体は何も問題はないのだ。だが——

(フミフミってば変に真面目なとこあんのよねー。真顔で「責任をとって結婚する」とか言い出しそうだしなぁ……)

アタシがそんなことを考えている内に、「うっ!」と、フミフミが呻き声を漏らした。

彼のほうへ目を向けると、陰唇とペニスの隙間からぷしゅっ! ぷしゅっ! と、音を立てて、膣内に溜まっていた精液が噴き零れるのが見えた。

「あはっ……あはは……」

とりあえず笑ってはみたものの、思わず頬が引き攣る。

(マジか……。リットル単位で出てるじゃん、あれ……)

だが、それでもフミフミは止まらない。射精の余韻に浸るでもなく、彼は強引に黒沢ちゃんの身体を裏返したかと思うと、今度は背後から腰を打ち付け始めたのだ。

これには、アタシも流石に慌てた。

「ちょ、ちょちょっ！　ちょっと待ったー！　フミフミ、ダメ、ダメ！　それ以上やったらホントに死んじゃうから！　ストップ！　ストーップ！」

実際、黒沢ちゃんの顔は完全に青ざめきっている。酸欠を起こして、チアノーゼが出ているような有様だ。

アタシが大声を上げると、フミフミはピタリと動きを止めた。

「……リリ？」

彼はぼんやりした様子でそう呟くと、周囲を見回すような素振りを見せる。そして次に、恐る恐る自分が組み敷いているモノへと目を向けた。

彼の視線の先には、潰れたカエルのようなガニマタで横たわる、みっともない黒沢ちゃんの姿がある。

元々がモデル体型の美少女なだけに、その光景は悲惨としか言いようがない。

「うわー……」

どうやら、やっと我に戻ったらしい。

「覚えてない？」

「あ、いや、全部覚えてるけど……ドン引きだわ」

「引くな、引くな、アンタが自分でやったんだから」

「これ……流石にマズいよね」

「まあ、ちょっと予定とは違うけど……。黒沢ちゃんを堕《お》とすという意味では大分手間が省けたというか、すっ飛ばしたというか、とりあえず、ここから後のことは予定通り、リリに任せといて」

「う、うん。お願い。その……死んじゃったりしてないよね」

「大丈夫、とりあえず生きてるみたいだし。今の時点で死んでさえなければ、どうとでもできるから」

「うん、頼むよ」

そう言って、フミフミが黒沢ちゃんからペニスを引き抜いたその瞬間、噴水のように溢れ出る精液、それが床に飛び散る音に混じって、「ティロリロリーン！」と、あまりにも場違いな電子音が響き渡った。

「え、な、何？」

「良かったねー、フミフミ！　レベルアップの音だよぉ」

「レベルアップ？」

「そ、そ、最初に説明したよね。レベルが上がったら、能力のグレードも上がるって」

続いて、いかにも合成音声とでもいうような、男だか女だかよくわからない声が部屋の中に響き渡る。

『黒沢美鈴の状態が『屈従』へと変化しました。それに伴い、以下の機能をご利用いただけます』

『・部屋作製レベル2――同時に四部屋までご利用いただけます』

『・家具設置レベル1――室内に簡単な家具を設置できます』

『・特殊施設設置（バスルーム）――部屋にバスルームを設置できます』

『・通過《スルー》――壁に扉を設置すれば、部屋を通過して壁の向こう側へ移動することができます』


「まあ最初は、こんなもんでしょ。追加される機能はランダムだけど、比較的当たりだと思うよ」

「そうなの？」

「うん、『通過《スルー》』は、かなりレアだしね」

「ところでさ、リリ。黒沢さんの状態って何？『屈従』って言ってたけど……？」

フミフミのその問いかけに、アタシは呆れる。

最初にちゃんと話したはずなのに、『あまりにも長かった』とか言って、人の話を端折《はしょ》るからそういうことになるのだ。

「しょうがないなぁ……監禁された人間の状態は『通常』『屈従』『従属』『隷属』の四つにランク付けされるんだよ。で、『屈従』ってのは、『イヤイヤだけど、言われた通りにはする』って感じかな」

「それが今の黒沢さんの状態ってこと？」

「そういうこと。『隷属』まで持っていければ、魂を完全に虜にできるんだけど、『屈従』と

『従属』は放っておくと徐々に通常状態に戻っちゃうし、『屈従』ぐらいなら、隙を見せれば足をすくわれる可能性だってあるねー」

「そうかぁ……でも、まあ一応従ってくれるんだね」

「まぁ……また、あんなムチャされるんじゃないかと思ったら従うよね、普通」

アタシが、精液まみれでピクピク痙攣してる黒沢ちゃんのほうへ目を向けると、彼は「あはは……」と、ごまかすように笑った。

「まあ、黒沢ちゃんのことはアタシにまかせて、フミフミは学校に行っておいでよ。そろそろ家出る時間でしょ？」

「え……学校？　そんな気分じゃ……」

「ダメだってば、今休んだら目立っちゃうでしょうが。そろそろ黒沢ちゃんが行方不明だって騒ぎだす頃合いだし、疑われちゃ面倒でしょ？　それにこの娘は時間をかけて仕上げるつもりだから、次の獲物を誰にするか見繕っておいてよ」

「う、うん……わかった」

一つ頷いて、フミフミは素直に部屋から出ていく。今から急いで支度をすれば、始業には充分間に合うだろう。

「さてと、じゃあ始めますかねー」

扉が完全に閉じられたのを確認して、アタシは一つ頷く。

まずは、黒沢ちゃんの処理。アタシは彼女の額に指を当て、このまま死んだり、目を覚ましたりしないように、その魂をピン止めする。そのうえで、昨日フミフミに飲ませたのと同じ栄養ドリンクをごく少量、口の中へと流し込んだ。

途端に、青ざめていた顔色が血の気を取り戻していく。ともかく、これで死んだりはしないはずだ。

「ほんっと、童貞ってのは加減を知らないから困るよねー」

そして、アタシは部屋の隅へと目を向ける。

「フリージア、出ておいでよ」

そう声をかけると、そこに蟠《わだかま》っていた影が蠢いて、一人の女の姿を形作った。

クラシカルなブリティッシュスタイルのメイド服に銀色の髪。見た目は二十歳前後だけど、実際の年齢はアタシも知らない。

アタシの従者の一人。上位淫魔《エルダーサキュバス》のフリージアである。

彼女は姿を現した途端、うっとりとした微笑みを浮かべた。

「素敵な香りです……お姫《ひ》ぃさま」

このむせ返るような性の臭いも、淫魔にとっては極上の香水のようなものなのだろう。

「ワタクシも、一度フミフミさまのお相手をさせていただきたいものです。これだけの精を流し込まれたら、さぞ心地良いことでしょう」

「ダーメ。アンタにヤらせたら、フミフミだってすぐに干上がっちゃうでしょうが」

「残念です」

「フリージア。とにかく、この娘を綺麗に洗って、昨日用意した部屋に運んでおいてくれる？後の段取りは、事前に打ち合わせておいた通りでお願い」

「かしこまりました」

フリージアは、香りを楽しむように大きく息を吸いこむと、楚々とした挙動で上品に腰を折った。

第二章　黒沢美鈴は絶頂する。

違和感のある距離

教室に辿り着くと、僕は自席に腰を下ろして、大人しく周囲を観察し始める。

教室の一番後ろ。窓際から一つ隣。教室全体を一望できる位置だ。

クラスの様子は、いつもとさして変わりはない。

朝のホームルーム前の騒がしさ。いくつかのグループが、それぞれに集まって談笑している。

肘をついて、ぼんやりそれを眺めていると、昨晩の黒沢さんの痴態が脳裏を過った。

汗ばむ白い肌、乱れる黒髪、甘い吐息。甲高い嬌声。

自分でもわけがわからなくなっていたのだろう。意識を失う直前ぐらいには、彼女は自分から膣内出《なかだ》しをせがむぐらいに、おかしくなってしまっていた。

(黒沢さんとヤっちゃったんだよな……僕)

あらためてそう意識すると、途端に下腹が疼くような気がした。

ついに童貞卒業。それも相手は男子みんなの憧れ、あの黒沢さんなのだ。

許されることなら、声高に自慢したい。世界中に吹聴して回りたい。そんな欲求が押し寄せてくる。気が付けば股間がギンギンに張り詰めていて、慌てて前かがみ。

僕は机につっぷして、寝たフリをした。

我ながらこの元気さは普通じゃない。どうやら、あの栄養ドリンクの影響がまだ残っているらしかった。

実際、一睡もしていないというのに……、一晩中彼女を犯し続けていたというのに、いつもよりも身体が軽いぐらいだ。むしろ、もっとヤりたい。今すぐ帰って、彼女を抱きたいとすら思う。

リリは、彼女を僕のことが好きで好きでたまらない。そんな風に洗脳するのだと言っていた。本当にそんなことが可能なのだろうか？　もし本当にそれが実現したとしたら……。

あれほど僕を見下していた彼女が瞳を濡らして甘えてくる。そんな姿を想像して、僕は思わず鼻息を荒くする。

次に会う時には、認識障害は解消されているだろうから、昨晩みたいに従順にとはいかないとは思うけれど、この先、彼女が一体どういう風になってしまうのか。楽しみで仕方がない。

それはそれとして、今回のレベルアップで、四つまで部屋を創れるようになった。

つまり、黒沢さんに使っている分を除いても、あと三つ同時に部屋を使うことができる。

黒沢さんを洗脳しながら、最大、あと三人同時進行することだってできるのだ。

復讐すべき相手は、まだまだいる。

（粕谷くんか、立岡くんか、藤原さん……それとも他の取り巻き連中か。そういえば真咲ちゃんも……）

「よーし、皆、席に着け！」

次の標的は誰にすべきかと、教室の中を見回しているうちに始業のチャイムがなって、担任の体育教師、ゴリ岡が教室に入ってきた。

「あー。数日前から、黒沢が家に帰っていないらしい。何か知っている者がいれば、教えてほしい」

ホームルームが始まるや否や、いきなりそんな言葉がゴリ岡の口から出てきて、僕は思わずびくっと身を跳ねさせる。

(落ち着け、落ち着け……僕。バレることなんてないんだから)

俯く僕をよそに、ロン毛の立岡くんが「えーマジでぇ！」と、大袈裟に驚くような声を上げて、教室は騒然。ヒソヒソ声が溢れ返った。

見回してみれば、皆ちらちらと粕谷くんの様子を窺っている。それは、まあそうだろう。

粕谷くん自身は、憮然とした表情で黒板を見つめたままだ。

生徒たちのざわめきは、ゴリ岡が「静かに！」と、出席簿でバンバンと教卓を叩くまで続いた。

結局、誰も彼女の居所を知る者はなく、むしろゴリ岡が逆に生徒から質問責めに遭う始末。

「あーやかましい！　とにかく警察の方が話を聞かせてほしいと来られているから、名前を呼ばれたものは、授業を抜けて校長室へ向かうように！」

最後には、ゴリ岡がそう言って、話をぶった切った。

午前のうちに、粕谷くんのグループの連中は一人ずつ名前を呼ばれ、順に校長室に行っては帰って来た。

口には出さないが、彼らはどこか興奮したような様子を態度に滲ませている。クラスメイトが行方不明で、刑事さんに話を聞かれるという非日常性に、ワクワクしているように見えた。

あくまで粕谷くんを除いてだけれど。

もちろん、僕が名を呼ばれるようなことはない。

昼休みになっても、僕は机で寝たフリをしながら、相変わらず周りの様子を観察していた。

話題は、もっぱら黒沢さんのこと。

どこそこの駅で黒沢さんっぽい人を見たとか、そんな話が聞こえてきたりもしたけれど、それがただの勘違いであることを僕だけが知っている。

あの秘密の部屋のことがバレることなど、万に一つも有り得ない。だからこの余裕。なんとも言えない優越感を覚えながら、僕は再び粕谷くんのほうへと目を向ける。

彼は明らかに苛立っていた。下手なことを口にすれば突っかかってきそうな雰囲気に、立岡くんたちも、今日ばかりは傍にいない。彼の傍にいるのは藤原さんだけだ。

ショッキングピンクのゴムでまとめた、金髪のサイドテール。ブラウスの胸元は大きく開き、ちょっと屈めば下着が見えそうな短いスカート。素足に上靴をつっかけた、化粧も派手な黒ギャルの藤原舞《まい》。

彼女は黒沢さんの取り巻きで、言ってしまえば金魚のフンみたいなものだと、僕はそう思っていた。それだけに、黒沢さん抜きで粕谷くんと藤原さんが話をしている光景には、かなりの違和感があった。

「大丈夫だって。美鈴ってば、しっかりした子だもん」

「でもよぉ……」

「元気出しなってば、粕谷っち。あーしがついてるよぉ」

彼女は今、粕谷くんの席に椅子を寄せ、彼に寄り添って、慰めるような態度をとっている。

（あれ？　なんか距離感おかしくない？）

傍目には慰めているように見えなくもないが、自分の彼氏でもない男を抱きしめたり、頭を撫でたり、あんなにベタベタするものだろうか。

いや、わかっている。ただし、イケメンに限るってヤツなのはわかっている。

そうやって見ていると、たまたま顔を上げた粕谷くんと目が合ってしまった。

（あ、やばっ！）

そう思った時にはもう遅かった。彼は、苛立ちのぶつけどころを見つけたのだろう。

「見てんじゃねぇぞ、コラ！」

いきなり中身の入ったコーラのペットボトルを、僕に向かって投げつけてきたのだ。

「ひうっ！」

ガンっと強い衝撃に身が仰け反る。額の右側に鋭い痛み、目の前で星が飛び散った。

ペットボトルは僕の額を直撃し、床の上を跳ねて壁にぶつかる。透明なボトルの中でコーラが泡立って、僕は椅子から転げ落ちそうになりながら、額を押さえて呻き声を漏らした。

「っつぅ……」

こんなの、石をぶつけられたのと変わりがない。押さえた掌にぬるっとした感触。

（あ……血が出てる）

反射的に粕谷くんのほうを睨みつけると、彼は声を荒げた。

「なんだその眼はよぉ！　アアン！」

「ひっ……」

そうやって凄まれると、やっぱり怖い。慌てて目を逸らすと窓の外に、駐車場のほうへと歩いていくスーツ姿の男女が見えた。おそらく、あれが刑事さんなのだろう。

背後で「ちっ！」と粕谷くんが舌打ちする音が聞こえて、しんと静まり返っていた教室にざわめきが戻ってくる。

「黒沢さんが心配なんだね……、粕谷くんかわいそう」

「キモ島、空気読めよなー」

聞こえてくるのは、粕谷くんへの同情と僕への非難の声。

（あれ、僕が悪いの？　僕、血ぃ出てんだけど？　なんなのこの世界、バグってんの？）

額の傷口をハンカチで押さえつけながら、僕は決意する。

（もう、他の連中を巻き込むことも躊躇しない、何ひとつ遠慮なんてしてやらない）

粕谷くんは一番最後。思いっきり惨めな気持ちを味わわせてやるのだと、そう決めた。

そして僕は、再び窓の外へと目を向けて、この先、何度も無駄足を踏むことになるであろう、刑事さんたちの背中を見送った。

✕ 愛か死か《ラブオアダイ》

ふわりと優しい、お陽さまの良い匂い。

ふかふかの枕の感触に、アタシは開きかけた瞼を閉じる。

心地よいまどろみ、柔らかな肌かけの感触…………って！

「うぇぇ!?　え？　えぇっ!?　何これぇ!?」

そこで、アタシは飛び起きた。

慌てて身を起こすと、そこはまったく見覚えのない部屋。自分の部屋でもなければ、あの恐ろしい石造りの部屋でもない。

キングサイズのふかふかのベッドに、金糸に縁どられた純白の寝具。シャンデリアは煌々と明るく、薔薇の香りが鼻腔をくすぐる。

そこは、壁際に上品な調度品が並ぶ、まるで一流ホテルのスウィートルームのような部屋。一泊、ウン十万はしそうな豪奢な部屋だ。

「ななな、何？　なんで？　なんなの？」

一言で言えば、大混乱である。

はたと、自分の身に着けている物に目を向ければ、首回りにフリルとリボンをあしらった、パフスリーブがかわいらしい純白のネグリジェ。

素材はコットン。ふわふわですごく着心地が良い。こういう可愛い系に憧れはあるけれど、自分で買うことはまずない。だって、似合うとは思えないから。

それでも、これがどれぐらい高価なものかぐらいはすぐにわかる。アタシだって、伊達に読者モデルをやってるわけじゃないのだ。

アタシがただただ混乱していると、突然――

「お目覚めでございますか？　美鈴お嬢さま」

そう声をかけられて、飛び上がるほど驚いた。

慌てて目を向ければ、そこには映画にでも出てきそうな、英国風のメイド服を纏《まと》った女の人がいる。

銀色の髪に透けるような白い肌、碧い瞳。話しかけられたのは流暢な日本語だったけれど、どう見ても外国人にしか見えない。二〇代前半ぐらいの、綺麗な女の人だ。

「お、お嬢さま？」

「はい。ワタクシは、美鈴お嬢さまのお世話を務めさせていただくフリージアと申します。ご要望がございましたら、なんなりとお申し付けくださいませ」

頭の中はやっぱり大混乱。だって、あまりにも唐突過ぎる。一体、アタシの身に何が起こっているのか……。

「あ、あのぉ……フリージアさん？　ここはどこですか？　なんで、アタシこんなところに？」

するとは彼女は、柔らかな微笑みを浮かべた。

「ここがどこかを申し上げてもご理解いただけないと思いますので割愛させていただきますが、フミフミさまからは、お嬢さまをくれぐれも丁重におもてなしするようにと、そう仰せつかっております」

「フミフミさまァ？」

（あのキモ男のこと？　たしかコスプレ女もそんな呼び方してたような……。なんだっけ、アイツの名前。キモ島……じゃない、きじ……きじま？　木島文雄、たしかそんな名前だったはず）

「はい、お嬢さまとのセックスに大変ご満足されたとのことですので、ゆっくりおやすみいただくようにと」

「セッ……！」

その一言で昨日、自分の身に起こった出来事が脳裏を駆け巡る。

途端に、カッと頬が熱を持った。

そうだ。アタシはあの男に抱かれたのだ。

甘え声で自分からねだりもした。そして、最後にはムチャクチャに犯されて、気を失ってしまったのだ。

嵐の海に翻弄される小舟のようだった。純くんのとは全く違うケダモノのような荒々しいエッチ。そしてアタシは、なすすべもなく快感の海に溺れてしまったのだ。

「ぐぅ、うぅぅぅぅ…………！」

なんにも言葉が出てこない。

ただ、目じりにじわっと涙が浮かび上がってくる。

くやしい！　くやしい！　くやしい！

あんなヤツに好き放題されるなんて！

アタシはベッドの上で立ち上がると、目の前のメイドさんに鼻息も荒くこう言い放つ。

「フリージアさん！　アタシ帰りたいんだけど！」

ところが、彼女は動じる様子もなく、ただ上品に腰を折った。

「申し訳ございません。そのご要望にはお応えできかねます。ご覧ください。あの扉はご不浄《トイレ》、あの扉はバスルームでございます。ここには外に出る扉などございません」

「そんなバカなことあるわけ……」

「事実でございます」

丁寧だが有無を言わさぬその口調に、その迫力に、アタシはそれが事実であることを理解した。いや、無理やり理解させられたというほうが、正しいのかもしれない。

アタシは、へなへなと腰砕けにベッドの上に座り込んでしまった。

「ねぇ……キモ男といい、アンタといい、コスプレ女といい、一体なんなのよ？」

「フミフミさまは、お嬢さまの同級生でございます」

「そうじゃなくて……」

「こすぷれというのはわかりかねますが、ワタクシ個人についていえば、精液の香りを嗅ぎながら、練乳をかけたトコロテンを啜《すす》るのが大好きな、どこにでもいるごくごく普通の変態でございます」

「はい？」

なんだか耳がおかしくなったような気がする。

ダメだ。ここはツッコんじゃダメなところだと、アタシの中の何かが激しく警鐘を鳴らした。

思わず頬を引き攣らせるアタシに、フリージアさんは言い聞かせるような口調でこう言った。

「お帰りになりたいと仰いましても、フミフミさまがお許しにならない限り、お嬢さまはご自宅に帰ることなどできません」

帰れないという事実を突きつけられれば、アタシとしては項垂れるしかない。

「ですが……言い換えればお許しになれば、帰れるということでございます」

……そうだった。あのキモ男をアタシの虜にできれば、望みを叶えてあげたいとそう思うはず。それしかないのだと。だから、アタシはあんなヤツに身体を許したのだ。

「そして、ワタクシの見る限り、フミフミさまがお許しになるのは、それほど遠いことではないかと」

「え……？」

　アタシは思わず顔を上げた。

「好きでもない女性を一晩中抱くことなどできません。ましてや、ワタクシに丁重に扱えとお申し付けになるのですから、その愛情はひとかたならぬものかと存じます」

「そう……なの？」

「はい。あとはお嬢さまが、それを受け入れられるかどうかではないかと」

「それ、どういう意味？」

「一方通行の愛など、存在し得ないということでございます。人は弱い生き物でございます。愛を与えてくれぬ者を愛し続けられる者などおりません」

「ちょっと、ちょっと待って！　それってつまり、アタシがアイツを好きにならなきゃいけないってこと!?」

「左様でございます。放っておけば受け入れられない愛は憎しみへと変わります。そうなれば、フミフミさまにとって、お嬢さまはただの邪魔者でしかありません」

「邪魔者？　それってつまり……」

「はい、あえて申し上げましょう。『愛か死か《ラブオアダイ》』、今、お嬢さまの手元にあるカードは、それだけでございます」

　究極の選択すぎるでしょ、それ!?

「む、無理よ、そんなの！　アタシには純くんって立派な彼氏がいるのに、あんなのを好きになることなんてて……」

「では、その純くんさまに、二度とお会いになれなくとも良いのですね？　お嬢さまが純くんさまへの愛をお示しになる方法はただ一つ。フミフミさまの寵愛を勝ち取ることだけでございます」

「何それ……わけわかんない」

頭の中はもうぐちゃぐちゃ。

彼氏に会いたかったら、他の男を好きになれって。何それ、八方ふさがりじゃん。

アタシは、ムチャクチャに絡まり合った糸をほどけと言われているような気がした。

ただただ困惑していると、フリージアさんが突然、パン！　と手を打って、アタシは慌てて顔を上げる。

「それはそうとお嬢さま。お腹は空いておられませんか？」

「お腹……？」

そう言われると、猛烈にお腹が空いてきた。

ぐぅ……きゅるるるるっ……。

突然思い出したかのようにお腹がすごい音を立てて、フリージアさんがクスクスと笑う。

「やだ……」

アタシは恥ずかしさに肌かけを引き寄せて、思わず顔を隠した。

「お目覚めすぐに、少し重いかなとも思ったのですが、お嬢さまたってのご希望とお伺いしましたので、ステーキをご用意させていただきました」

そう言って、彼女が指し示した先へ目を向けると、いつのまにやらテーブルの上に食事の用意が調っている。

鉄板の上で分厚いステーキがジューッと音を立てていて、籠には種類豊富なバゲット、その脇には瑞々しいサラダと、色とりどりのジュースがおしゃれな瓶に入って並んでいた。

「本場ニューヨークの名店から取り寄せました、最高級のエイジングビーフでございます。もし胃が受け付けないということでございましたら、他にもご要望のものをご用意させていただけますので、お気軽にお申し付けください」

未だに何も理解できてはいないのだけれど、ステーキの焼ける芳しい香りに口の中が涎で一杯になる。

ごくりと喉がなる。

アタシはその香りに誘われてベッドを降りると、フラフラとテーブルのほうへ歩み寄った。

「あぁ……いい匂い……」

フリージアさんが引いてくれた椅子に腰を下ろすと、目の前でジュージューと音を立てる肉に目が釘付けになる。

「どうぞ、お召し上がりください」

彼女がそう口にする時には、アタシはもうナイフとフォークを手に取っていた。肉を切るのももどかしい。

一切れ、それを口に運ぶと、じゅわっと口の中に肉の旨味が広がった。

「ん――――！」

あまりのおいしさに手足をバタバタさせるアタシの姿を眺めて、フリージアさんは葡萄ジュースをグラスに注ぎながら、にこやかに微笑む。

たぶん、普通に食べてもムチャクチャ美味しいお肉なのだと思う。

だけど、アタシにとっては、何日ぶりかの食事なのだ。空腹は最高の調味料とはよく言ったもので、もはや、言葉も出てこない。

断食ダイエットにハマってたモデル仲間の女の子は、『断食の後って胃も小さくなってるし、お粥ぐらいしか受け付けない』って、そう言っていたけれど、そんなことは全然なかった。

身体がお肉を求めてる。もっともっとと騒いでる。

「あらあら、お嬢さま。お召し物が汚れてしまいます。そんなにお慌てにならなくとも、お肉はたくさんご用意しておりますから」

口いっぱいに肉をほおばるアタシに、フリージアさんは苦笑しながらナプキンで口元を拭ってくれた。

これがうちのママなら、はしたないって眉を顰《ひそ》めると思う。

アタシは横目でフリージアさんを眺めて、胸のうちで独り頷く。

内容はともかく、この人が、アタシのために親身に話をしてくれたのは間違いない。

このフリージアさんという人は優しそうだし、説得すれば味方になってくれるかもしれない。

この時アタシは、そんなことを考えていた。

✖ 野獣で紳士

僕は午後の授業の間、保健室で過ごした。

別に体調が悪くなったとか、そういうことじゃない。絆創膏を貰いに行って、そのままサボっただけだ。

保健の木虎《きとら》先生は三〇代のガラの悪いおばちゃんだけれど、何かにつけて適当な人で、体調が悪いといえば『おー寝とけ、寝とけ』と、あっさりベッドを貸してくれる。

昨日は一睡もしていない。別に疲れているとは思ってなかったけれど、横になって目を瞑ると、僕はあっさり眠りに落ちた。

放課後、上の階から聞こえてくる吹奏楽部のホルンの音で目が覚めると、わずかに陽は傾きかけていて、保健室に木虎先生の姿はなかった。

代わりにデスクの上には、『鍵かけとけよ』という走り書きが一枚だけ。

「いや、起こせよ……」という僕のツッコミが、保健室の白い壁にぶつかって、虚しく滑り落ちた。

時計の針は、四時を少し回った辺りを指している。

僕は職員室に保健室の鍵を届け、教室に荷物を取りに戻る。案の定、僕のことなんて誰も気にかけていないわけで……当然のように鍵がかかっていた。

（ちょうどいいや、『通過《スルー》』ってのを試してみるか）

僕は教室の扉に重ねて、例の扉を出現させる。そして中に入ると、いつもの暗い部屋。スマホのライトを点灯させれば、部屋の奥にもう一つ扉が浮かび上がった。

扉の向こう側に出れば、そこは教室。『通過《スルー》』のその名の通り、部屋の中を通り抜けることで、壁を通過してしまったのだ。

「これ、すげぇな……どこでも侵入し放題じゃん」

どんなに厳重に鍵をかけてもまったく無駄。ある意味、ムチャクチャ凶悪な機能だ。悪用しようと思えば、いくらでも悪用できる。

僕はカバンを手に取ると、ついでに粕谷くんの机を軽く蹴っ飛ばし、再び部屋を通り抜けて廊下に出る。そして、そのまま図書室のほうへと足を向けた。

今日は図書委員のカウンター当番の日なのだ。

豪快に遅刻してしまっているが、一応委員の仕事は午後五時までだ。

正直、気は進まない。ぶっちゃけてしまえば、早く帰って黒沢さんとエッチしたい。

だが、リリにはできるだけ普段通りに振る舞うほうが良いと言われてしまっている。普段と違う行動をとれば、疑われかねないからだ。

これまで僕は、図書委員の当番だけはサボったことがない。それというのも、真咲ちゃんと話ができる唯一の時間だから。だが、あんなことになってしまった今となっては、もはやそれも虚しい。

気が進まないながらも図書室に足を踏み入れると、カウンターに一人の女の子の姿があった。

羽田真咲。

僕が好きな……いや、好きだった女の子だ。

あらためて目にすると、真咲ちゃんはやっぱり可愛い。

肩までの栗色の髪に、おっとりとした丸顔。おでこはすこし広めで、笑うとふにゃりと柔らかな空気を醸し出す。背が低くて童顔なものだから、よく小学生に間違われると、彼女はそう言っていたが、あえて言おう。

それは嘘だと思う。そんな巨乳の小学生はいない。

真咲ちゃんは僕にとって天使だった。だからそんな目で見ちゃいけないと、ずっと自分に言い聞かせてきた。だが、今なら言える。

あの胸はエロい！　エロ過ぎる！

あの小柄な体格で、あの胸はどう考えてもバランスがおかしい。

巨乳？　いや爆乳。もはや奇乳の域に片足を突っ込んでいる。

彼女は僕の姿を目にすると「あっ……」と、声を漏らして俯いた。

そりゃまぁ、気まずいよね。僕だって気まずい。っていうか、僕のほうが気まずい。

ラブレターを出した相手ってだけでも気まずいのに、それをみんなに読まれて、あんなふうに晒しものにされたのだから。

とはいえ、いまさら引き返すわけにもいかない。カウンターの中に入って無言で隣に腰を下ろすと、彼女は、(いつも通りといえばいつも通りだけれど)おどおどした様子で口を開いた。

「あの……き、木島くん、その……頭、大丈夫?」

「え?」

「け、怪我したん……だよね?」

一瞬ディスられているのかと思ったが、そう言われて額の怪我に思い至る。

「あ……うん、大丈夫」

話はそれで終わり。図書室に利用者はなく、ここには僕らの二人だけ。

真咲ちゃんは手元の本に目を落とし、僕は何をするでもなく宙に視線を泳がせる。

ただただ、無言の時が過ぎていく。

(気まずい……)

あまりのいた堪れなさに、いっそのこと、このまま例の部屋に真咲ちゃんも押し込んでしまおうか……などと考え始めた途端、彼女が唐突に立ち上がった。

「あ、あのね!」

「な、何?」

彼女は、思いつめたような顔で僕を眺めて、そのまま勢いよく頭を下げた。

「ごめんなさい! 私、あんなことになるなんて思ってなくて……」

×××

「お帰りデビ」

家に帰って自分の部屋に入ると、リリがふわふわ浮かびながら、マンガを読んでいた。

「あ、一応デビってての続けるのね」

「続けるも何も、これが普通デビよ」

「うそつけ」

机の脇にカバンを置きながらそう言い返すと、リリが不思議そうに首を傾げた。

「あれ？　フミフミなんか機嫌良いデビ？　何か良いことでもあったんデビ？」

「別に……何もないよ」

ウソだ。めっちゃウキウキしてる。

あの後、かなり長い時間、僕は真咲ちゃんと話をした。その話の中に、僕を浮き立たせるのに十分な内容が含まれていたのだ。

だが、僕は平静を装いながら話題を変える。

「で、黒沢さんはどんな感じ？　大丈夫なの？」

「問題ないデビ。今は飴と鞭の飴のほうを楽しんでるデビ。一応、リリの従者に面倒を見させてるから心配ないデビよ」

「従者？」

「優秀だけど変態デビ」

「それ、一番ダメなヤツ！」

「あー大丈夫、大丈夫。フリージアは女には興味ないデビよ」

「ああ、女の人か。ビックリした……」

僕はホッと胸を撫で下ろす。『変態』ってのは、やっぱり気にはなるけど。

「ところでさ……また黒沢さんとエッチしたいんだけど」

僕がそう告げると、リリは眉間に皺を寄せて、ジトっとした目を向けてきた。

「うわぁ……ケダモノぉ」

「いや、だってさ……すっげぇ気持ち良かったんだもん」

「だもんとかいうな、気持ち悪いデビ」

「ひどい」

「ダーメっ！　とにかくダメデビ！　黒沢ちゃんは今、ご褒美の時間デビ」

「むぅううう……」

そんなことを言われたって、彼女を抱くことを楽しみに帰って来たのだ。期待しすぎて帰り道の途中からずっと前かがみだったのだ。もう収まりなんてつくわけもない。

「じゃあ、リリが責任とってよ！」

「はぁああ!?　責任って何がデビ！」

「リリがあんな栄養ドリンク飲ませるから、今だってほら」

僕がズボンのファスナーを下ろすと、突き破らんばかりの勢いで僕のモノがパンツの布地を押し上げる。

「きゃっ！　バ、バカ！　そんなモノ見せるなデビ！」

途端に、リリは真っ赤になって顔を背けた。

（おや？　おやおやおや？　黒沢さんとしてるのは平気そうに見てたのに、なんだこの反応？　これは……もうちょっと押してみたら、ひょっとするかも……）

「そもそも、まだ栄養ドリンクの影響が残ってるのにさ。そんなエッチな恰好で目の前ウロウロされたら生殺しもいいとこだよ。それに黒沢さんのことはノリノリで責めてたじゃん」

「お、お、お、女の子の相手をするのとは、話が違うデビ！」

「全力でバックアップするって言ったよね。あれは嘘？　リリってば、もしかして僕を騙したの？」

「だ、だ、だ、騙してなんてないデビ」

後退《あとずさ》るリリをじりじりと部屋の隅まで追い詰めて、僕は彼女の眼前に股間を突きつける。リリは寄り目になって盛大に頬を引き攣らせた。

「ヤるのが嫌なら、お尻でも良いんだよ？　どっちがいい？」

「お、お尻ィ!?　そ、そんなのどっちもムリ！」

「じゃあ、口でもいいや。セックスとフェラチオどっちがいい？」

「ム、ムチャクチャ！　そんなのどっちもムリだってば！」

僕がさらに腰を突き出すと、彼女はいよいよ目をぐるぐると回し始めた。

「わがままだなぁ、じゃあ、手でいいよ。手なら大丈夫でしょ。これ以上はこっちも譲歩できないよ！」

「ま、まあ、手なら……」

釣れた！　僕は、思わずニンマリとほくそ笑む。

策士、策に溺れるというか……僕はリリに教えてもらった洗脳テクニックをそのまま使ったのだ。『ダブルバインド』と『ドア・イン・ザ・フェイス』の複合テクである。

僕とエッチすることを決定事項として、ヤるならどっちという質問を繰り返していくことで、『エッチしない』という選択肢をリリの頭の中から消してしまう。そのうえで、質問の内容を絶対に受け入れられないようなものから、譲歩しているフリをしながら徐々にハードルを下げていったのだ。

『どっちも小手先のテクデビ、そうそう通用するものでもないデビが、参考程度に覚えておくとよいデビよ』

教えてくれた時、リリはそんな風に言っていたけれど、思いっきり通用していた。

もちろん、これはリリが冷静さを失っているから通用したわけで、素に戻ったらすぐに僕がテクを使ったことなどバレてしまうに決まっている。

（ここは、強気で押し切らないと！）

彼女が冷静さを取り戻す前に、僕は一気にパンツを脱ぐと、彼女の手を掴んでペニスをぎゅっと握らせた。

「ひぃっ!?　あ、あ、あわわわっ、あ、ぬ、ぬくぃい、な、なまあたたたたっ……」

すると、彼女は僕のモノを握り締めたまま、フリーズしてしまう。

(やっぱりそうだ！)

以前、『セックスを教えてくれ』と頼んだ時の彼女の反応を見て、僕は彼女には全くその手の経験がないんじゃないかと思っていたのだ。

だが昨晩、黒沢さんとレズってたのを目にして、実はそうでもないのかと思ったのだけれど、奇しくも彼女がさっき言った通り、女の子の相手をするのは話が違うということらしい。

僕は彼女の手に自分の手を重ねて、ペニスをしごき始める。

「あぁ……熱いぃ、手のひら火傷しちゃうよぉ、手がにちゃにちゃになっちゃうよぉ」

リリが擦るたびに僕のモノがビクビクッと震えて、先端からカウパーを溢れさせ、彼女の小さな手を汚していく。

「ううっ……気持ち悪いよぉ、もうやめてよぉ、は、早くイってよぉ」

見た目には、リリは小さな子供なだけに背徳感が凄まじい。虐待しているみたいだ。そんな錯覚をおこして、僕の獣欲がますます駆り立てられていく。

「こんなんじゃ、まだまだイけそうにないな」

「うぅ……そんなぁ……」

リリはもはや涙目、語尾にデビを付ける余裕もないらしい。こんな状態なら、もう一押し行

けそうだ。

「そういえばリリ、黒沢さんに偉そうに能書き垂れてたよね。男は視覚で興奮するんだって？　じゃあ、僕が早くイけるように協力してもらおうかな」

「へ？」

戸惑うリリに構わず僕は、彼女の胸を覆っている革布を掴んで一気にズラす。

「きゃっ！」

現れたのは皿を伏せたかのようなわずかな膨らみ。白に近いほどに淡いピンクの乳首が、革布に引っ張られてぷるんと震えた。

「あ、あわ、わ、わわわわ!?」

彼女は完全に涙目で狼狽えるばかり。本当に子供のようなちっぱい。これはこれで興奮する。もはや悪ノリとしか言いようがないけれど、僕は彼女の手の上に手を重ねたまま、その乳首へとぐにゅりと亀頭を擦りつけた。

「あっ、やぁ！　や、やめてよぉ！」

淡いピンクの乳首を圧し潰す赤黒い亀頭。もはやどっちが悪魔だかわかったものじゃない。リリが嫌がれば嫌がるほど、僕の鼻息は荒くなるばかり。彼女の手に重ねた手の動きは速くなっていく一方。そして、興奮しすぎた僕は、あっさりと絶頂を迎えた。

「うっ！」

びゅっ！　びゅっ！　びゅるるるるるっ！

僕は彼女のちっぱい目掛けて、精を解き放つ。

「あ、熱っ！　や、やっ、か、かけちゃヤダぁ！」

彼女のなだらかな胸。その先端の桜の蕾のような小さな突起が白濁液にまみれてプルプルと震えた。胸のふくらみにそって流れ落ちる汚濁が、可愛らしいおへそに溜まっていく。その光景は、ムチャクチャ背徳的だった。

「はぁ、はぁ……リリ、すごく気持ちよかったよ」

お約束のパターンでいえば、大体ここでぶん殴られるのだ。僕だってそれぐらいわかっている。覚悟しながらリリのほうへ顔を向けると、涙目のまま硬直していた彼女が、ボロボロと泣き出し始めた。

「リ、リリ？」

「うぇえええぇっ、ぐすっぐすっ、ひっく……けだものぉお、ひどいよぉ……」

予想外の反応。まさかの大号泣である。これには僕も流石に慌てた。

「ご、ごめん、ごめんってば、ちょ、リリ、な、泣き止んでよ」

「うるさい！　しねぇ、ばかあっ！」

この後、リリの機嫌をとるのは本当に骨が折れた。大して痛くはなかったがポカポカと殴られた後、延々と口をきいてもらえないまま数時間。正座させられ、もう二度としないと約束して、やっと不機嫌なりに話をしてもらえるようになったのは、日付が変わろうかという頃のことである。

「まったく……悪魔を穢《けが》すとか、人間の風上にも置けないヤツ」

「欲望のままに振る舞えって言ったじゃん」

「リリに欲望をぶつけろとは言ってないッ！」

「僕を悪人にしたいんでしょ？　これって、成果出てるってことなんじゃないの？」

僕が苦し紛れにそう告げると、彼女は一瞬きょとんとした顔になった後、むうううと唸るような声を漏らし、そして唐突に肩を落とした。

「確かに、悪の才能が開花し始めてるといえば……そうかも」

何やら彼女の中で折り合いがついたらしい。

「そんなにヤりたかったら、とっとと次の標的を拉致ってくればいいデビ。次の標的は決めたんデビか？」

語尾にデビが復活している。多少なりとも機嫌が持ち直したということだろうか。

「あー……うん。一応、藤原さんにしようと思ってるんだけど、ちょっと気になることがあってさ」

僕は、今日たまたま目にした粕谷くんに対する藤原さんの態度を説明した。すると、どういうわけか、リリはやけにつまらなさそうな顔をする。

「たぶん、その藤原って娘は、粕谷ってのに気があるわけじゃないデビ」

「そうなの？」

「そうデビ。黒沢ちゃんっていう傘がなくなったから、新しい傘を欲しがってるだけデビよ。

たぶんその娘、本当はいじめられっ子デビよ」

「えぇー藤原さんが？　あったま悪そうな黒ギャルだよ？」

「派手な恰好は、動物でいえば威嚇色みたいなものデビ。そういうタイプは、正直言ってつまらないデビよ。簡単過ぎて」

「簡単？」

「そうデビ。まあ、もうちょっと観察してみると良いデビ。たぶん、その藤原って娘は、相当依存癖があるデビよ」

「依存癖ねぇ……」

「それはそれとしてもう一つ、フミフミが考えなきゃいけないことがあるデビ」

「何？」

「黒沢ちゃんに、次はどんなアプローチをするかデビ」

「認識障害は治ってるんだよね。でも昨日と一緒じゃダメなの？　大分怖がらせたし、脅せばまた……」

「ダメデビ。黒沢ちゃんは恐怖で支配しても『屈従』以上にはならないデビ。ここからが本当の意味での洗脳デビ」

「脅しじゃダメってことは、優しくするとか、話し合ってお互い合意のうえで……とか？」

するとリリは小馬鹿にするように、鼻で嗤った。

「キスしていい？　とか聞くつもりデビ？　あーやだやだ。だから、フミフミは女の子に相手にされないんデビ」

「ほっとけ！」

「その結果、幼気《いたいけ》な女の子に無理やり襲いかかったりするんデビよ」

リリはそう言って、ジトっとした目を向けてくる。やっぱまだ、さっきまでのことを根に持っているらしい。

「……それはホントにダメだよね、うん、ダメダメ」

「いいデビ？　モテない男は大体、優しくすればそれでいいと思ってるデビ。相手の嫌がることはしたくないとか綺麗ごとを言って、あれしていい？　これしていい？　って聞いたりするんデビよ。はっきり言って、バカとしか言いようがないデビ」

「言いたい放題か！」

「まあ聞くデビ。相手に承諾を求めるのは、相手に責任を押し付けることと同じデビ。自分に責任押し付けてくるようなヤツを好きになれるデビか？」

「うっ……そう言われると、そうかも」

「だから、フミフミが目指すのはズバリ！　野獣で紳士デビ！」

「野獣で紳士？」

「『黙って俺に抱かれろ、優しくしてやるから』ってヤツデビ」

「ハードル高っ!?」

童貞を卒業したばかりの人間に、いくらなんでもそれは無茶ぶりが過ぎる。

「心配いらないデビ。すでに暗示は効いてるデビ。黒沢ちゃんには、フミフミを惚れさせれば、ここから出れる。そんな言葉を刷り込んであるデビ」

「あ、ああ……そうだった」

「じゃあ、話をひっくり返して……相手を惚れさせたい時って、どんな時デビ？」

「そりゃあ、相手のことが好きな時……かな？」

「正解。で、人間って本当に変な生き物で、状況がそうなれば、脳が状況と感情のギャップを勝手に修正しようとするデビよ」

「つまり、黒沢さんが僕のことを、本気で好きになっちゃうってこと？」

「そうデビ。さらに今、リリの従者が念入りに『自分が相手を好きだと思わないと、好きになってもらえない』って暗示を上塗りしてるデビ」

「それはつまり……」

「次にフミフミが黒沢ちゃんに会う時には、あの娘はフミフミのことをフリだけでもいいから好きになろうと、そう考えているはずデビ。そんな時に、フミフミが野獣で紳士な態度をとったりしたら……」

「したら……？」

「イチコロデビ！」

「やべぇ……。これが悪魔か……」

リリは唖然とする僕の目の前で、自慢げに薄い胸を反らすと意気揚々と、こう言い放った。

「ふふん！　わかったら今から演技指導デビ！　特訓デビ！」

×××

「うぷっ……お腹いっぱい。もう、なんにも入んない」

アタシは、ベッドの上に大の字に横たわる。

ここにママがいたらきっと、『食べてすぐ横になるなんてお行儀が悪い』って、怒られていることだろう。

結局、アタシは朝、三〇〇グラムほどもあるステーキをぺろりと二枚も平らげ、お昼は山ほどのフライドチキンとポテト。そのあとには、デザートにアイスクリームとチョコレートケーキ。そして今、夕食として大量のお寿司を食べた。

いつもなら、絶対食べられないというほどの量である。

今日一日、ずっと食っちゃ寝、食っちゃ寝という、モデルにあるまじき食生活。このままいけば、おデブ街道まっしぐらだ。

「ご満足いただけたようで、何よりでございます。一応デザートには、よく冷えたヨーグルトに牛乳、豆乳、カル〇ス、ア〇バサ、杏仁豆腐、ココナツミルク、バニラシェイクなどをご用意しております」

「……その白いラインナップには、悪意を感じるんだけど」

「気のせいでございます」

涼しい顔で言い放つフリージアさんに呆れつつ、アタシはもう一度彼女を説得してみることにした。

「あのさ、フリージアさん、これって立派な誘拐だよ。今なら間に合うからさ、アタシをここから帰してよ。警察に突き出すのはあのキモ男だけで、アンタはアタシを助けてくれたって証言するからさ」

「警察でございますか」

「そうだよ、あのキモ男、絶対許さないんだから！　こんなことしてタダで済むわけないじゃん！」

「そうだとよろしいですね」

「なんで、そんな微笑ましいものを見るような目で見んのよ」

「いえ、可愛らしい方だと思いまして」

「はぁ？　なんかバカにしてるみたいに聞こえるんだけど」

「そんなつもりはございませんが、お腹が一杯になったら、すぐにそれだけ強気になれるのは素晴らしいことでございます」

「やっぱ、バカにしてる」

思わずムッとしてしまったけれど、フリージアさんはただ静かに微笑むだけ。

「むぅう……もういいわよ。紅茶飲みたい。ミルク入れないで。ストレートがいい」

「かしこまりました、美鈴お嬢さま」

「あのさ、そのお嬢さまってのやめてくんない？　なんかむずがゆい」

「そうは仰いましても、美鈴お嬢さまは、フミフミさまの大切なお方でございますので」

「まだ言ってんのそれ。女ならだれでもいいのよ、アイツは」

「そうでしょうか？　ワタクシの目に、美鈴お嬢さまはフミフミさまの寵愛を一身に受けておられるように思えますが」

「ちょ、ちょっと！　やめてよ気持ち悪い。寵愛？　冗談じゃない！　アタシは無理やり犯されただけ！　アタシには、純くんって彼氏がいるんだから！　冗談じゃないってーの！」

「では、せめてフミフミさまを愛しているフリをしてくださいませ。いつまでも靡《なび》かないと思われてしまえば、飽きられてしまいます」

「いいじゃない。そうだよ！　飽きられたほうが帰れそうじゃん」

「いいえ、飽きた玩具を店に返す者はおりません。ただ処分されるだけです」

✖ 監禁部屋リターンズ

野獣で紳士になるための特訓を受けた翌朝、僕は欠伸交じりに教室に足を踏み入れた。

考えてみれば、この三日間で睡眠をとったのは保健室でのわずかな時間だけ。

このムチャクチャな持久力は、あの栄養ドリンクのお蔭なのだと思うけれど、それでも流石にちょっと疲れてきたような気がする。

一応、リリからもう一本、栄養ドリンクを貰ってきてはいるのだけれど、『飲むんならちょっとずつにするデビよ！　一気飲みとかしちゃ絶対ダメデビ！』と、強く念押しされてしまった。

まあ、あれだけの大暴走をやらかしたのだ。それも仕方がないと思う。

席につくと、たまたまだろうか？　二つ隣の列、前から三番目の席に座る真咲ちゃんがこちらを振り向いた。

僕に気がつくと、彼女は机の下でこっそり手を振って、はにかむような微笑みを浮かべる。

(アカン、かわええ。天使やでぇ……。天使がおるでぇ……)

復讐してやるとか、真咲ちゃんも同罪とか、そんな風に息巻いてから大して日も経っていないというのに、この有様。うん、我ながらチョロい。

そんなわけで、僕がだらしなく鼻の下を伸ばしていると、「ちょりーっす……」と、気だるげな挨拶とともに、藤原さんが教室へと入って来た。

金髪サイドテールの髪を掻きながら、いかにも面倒臭げな足取り。小麦色の肌に濃いめのメイク。やたらめったら短いスカートから伸びる素足が無暗にエロい。だらしなく着崩したブラウスの胸元から、ピンクに縁どられた黒いブラがちらりと見えた。

彼女は、缶バッジでゴテゴテとデコったカバンを机の上に放りだして、粕谷くんの机の周りで屯《たむろ》しているトップカースト連中の輪に入っていく。

それを目で追いかけそうになって、僕は慌てて顔を伏せた。

（いけない、いけない）

また粕谷くんに絡まれたら、堪ったもんじゃない。

僕は、机の上に突っ伏して寝たフリをしながら、こっそり彼女の様子を窺う。

（ちっとも、そうは見えないけどなぁ……）

藤原さんは本当はいじめられっ子、派手な見た目はただの威嚇で、依存癖があると……リリはそう言っていた。

（でも……そうか）

まさかとは思ったけれど、あえてそういう目で見てみると、気がつくこともある。

たとえば今、彼女が向かったのは男子が屯《たむろ》しているほう。トップカーストの他の女の子たちが、別の場所で談笑しているというのに……だ。

今までなら女の子より男の子のほうが好きなだけ。ただのビッチだと気にも留めなかったと思う。だが、よくよく考えてみれば、彼女が黒沢さん抜きで他の女の子と話をしている姿を見たことがない。

男子と仲が良いというより、黒沢さん以外の女子との関係性が著しく薄いというほうが正しいのかもしれない。誰もが一目置く黒沢さんと仲良し。そういう位置付けでしか、彼女は他の女子と接していないのだ。

つまり、彼女は黒沢さんを盾にして、他の女子から身を守っていたということなんだと思う。

女の子をいじめるのは、基本的に女の子。そのいじめは、男子以上に苛烈で陰湿だとも聞く。リリがいうように、彼女が過去にいじめられっ子だったのだとしたら、これだけ慎重に女の子から距離を取るという態度も納得がいくような気がした。

だが、黒沢さんがいなくなってしまうと、彼女の状況は変わる。身を守ろうにも盾がないのだ。

黒沢さんのように、一緒にいるだけで他の女子が一目置いてくれるような存在は、そうそう見当たらない。

そこで、彼女は黒沢さんの代わりを求めて、クラスカーストのトップである粕谷くんにすり寄った……と考えれば、彼女の行動に全て説明が付く。

もちろん、考えてそうしたわけじゃないかもしれない。

だが、粕谷くんにすり寄ったのはどう考えても選択ミス。失敗だと思う。

藤原さんの接し方が同じでも、相手が男子と女子では周囲の受け取り方が変わってしまうのだ。

そんな風に思いを巡らせていると、僕の斜め前の女子が、「ちっ」と小さな舌打ちをするのが聞こえてきた。

照屋光《てるやひかり》——化粧っけはないが、太めの眉が特徴的な整った顔立ち。ショートカットで筋肉質な体育会系の女の子だ。たしか陸上部のエースで、協会の強化選手にも選ばれているらしく、見た目がボーイッシュなだけに、後輩の女子たちにすごく人気がある。

なんでも陸上部の監督が彼女の才能に惚れこんで、わざわざ他県からスカウトして入学させたのだとか。

ウチの学年で黒沢さんの次に有名人といえば、彼女ということになるのだろうけれど、流石に藤原さんも、ここまで真逆の人種に擦り寄ることなどできなかったのだろう。

だが、問題はそこではない。

照屋さんが粕谷くんに気があるのは割と有名な話。以前は、随分アプローチをかけていたようだけれど、黒沢さんと粕谷くんが付き合い始めてからは、流石にそういう素振りも見せなくなった。

まあ、黒沢さんが相手では、諦めるしかないというのも良くわかる。

だが、その黒沢さんがいなくなってしまったのだから、照屋さんを始め、チャンスだと思っているヤツは他にも沢山いるに違いない。そいつらにしてみれば、気軽に粕谷くんに纏《まと》わりつく藤原さんの存在は、さぞ目障りなことだろう。

僕は不愉快げな照屋さんの視線の先に、呑気に談笑する藤原さんの姿を確認して、微かな憐れみを覚えた。

同じ、いじめられっ子として。

✖✖✖

アタシは驚くわけでもなく、ただ大きなため息を吐いた。

ふかふかのベッドで眠りについたはずなのに、ゴツゴツした石造りの床の上で目を覚ませば、それはため息だって出る。

夢でも見てたのかと思ったのだけれど、着ているものを手で確かめると、その手触りは寝入る時に着ていた、可愛らしいネグリジェのもの。

「一体、どうなってんのよ……」

灯りの一つもない真っ暗な部屋。わずかな光源もないところでは、いつまでたっても暗闇は暗闇のまま。

目が慣れることもないのだ。

アタシは身体を起こして手探りで壁を探し、そこにもたれかかって膝を抱える。

また、この暗い部屋に逆戻りだ。

「冗談キツいってば……」

また、飢えと渇きに苦しむことになるのかと思うと、本当に泣きたくなる。心が折れそうになる。

どうにかして、ここを抜け出すことはできないものかと思いを巡らせてみても、直ぐに答えが出てしまう。

無理だ。最初に閉じ込められた時点でやれることは全部やった。

「うぅっ……」

目の奥が潤んで、じわっと涙が溢れ出そうになった途端、アタシは慌ててそれを我慢した。次に水が飲めるのはいつになるのかわからない。そう思うと、ほんの少しでも身体から水分が抜けるのが怖い。今のアタシには泣く自由すらないのだ。

（やっぱり、アイツを私に惚れさせるしかないのかな。でもアイツを好きになることなんて……）

アイツに惚れたフリをする？　アイツに甘えてみる？　クラスでも最底辺のキモ男相手に、そんなことをしなきゃならないと思うと、ギシギシと音を立ててプライドが軋むような気がした。

（でも、やっぱりそれしかないのかも……。別に処女ってわけでもないし、もう何回もヤられちゃってるんだし、キモいけどそれぐらい我慢すれば……）

何回もヤられちゃってる。——そう思った途端、キモ男に犯されている時の感覚が唐突に甦って来た。そうだ。アタシはこの部屋で犯されたのだ。

「なんか、スゴかった……な」

お腹の一番奥を突き上げられて、無理やり快感を刻み込まれるようなそんな感覚。為す術もなく翻弄され、狂ったように喘いで、ただただ叫んでいたような記憶しかない。

アイツの大きなお……ち○ち……んが、アタシの膣内《なか》を擦り上げるたびに電流が走って、ずっと目の前に星が飛び散っていた。

アタシ、このままバカになっちゃうんだ。このまま壊されちゃうんだって、そう思っているうちに、真っ白になってフェードアウト。そこで記憶は途切れている。

純くんとのセックスは優しくて、温かくて、じっとしてたらすぐ終わってしまったようなそんな気がする。

正直、今はあまりよく思い出せない。

それと比べれば、あのキモ男とのセックスは、まるで肉食獣に食らいつくされるような感覚だった。アタシはあの時、ただの獲物に成り下がっていたのだ。

思い出せば、お腹の奥がじゅくじゅくとおかしな感覚になって、身体が熱を持ち始める。

(おかしいよ……アタシ)

だが、一向に収まってくれる気配はない。

(ちょっとだけ……)

堪らなくなって、アタシはそっと股間に指を這わせる。

「んっ……」

下着の上から円を描くように敏感なお豆を撫でると、途端に身体の奥がじゅんと潤むのがわかった。

「はぁ、はぁ……あっ、あ、あ……んんっ……」

指が止まらない。もう一方の手で服の上から胸を触ると、乳首が痛いくらいに膨らんでいる。

「はぁ……はぁ……なんでアタシ、こんなエッチな子になっちゃったのよぉ……」

こんなに感じやすくなってるのは、きっとキモ男にさんざん弄《もてあそ》ばれたせいだ。

「アイツのせい……だ。ッく……あぁん、あっ、あ、あ……」

胸の奥に蟠《わだかま》る罪悪感を全部キモ男に押し付けて、アタシは胸を触りながら、股間の敏感な部分を指で撫で上げる。

「ひぅん……！」

途端に、ビリッと電流が背筋を駆け上がってきて、知らず知らずのうちに身体が仰け反った。

じわりと広がるように甘い快感が押し寄せてくる。

いままで自分で慰めようなんて、考えたこともなかった。なのに、もう指が止まらない。

アイツの指先が、荒々しくアタシを弄《まさぐ》る、そんなイメージが頭の中をよぎる。ちゅくっ、ちゅくっ……と、反響するいやらしい水音に、アタマが沸騰しそうな気がした。

「ぁあ、んっ、あっ……」

堪らない。下着をそっとずらして、とうとう指を挿《い》入れようとしたその瞬間――

「黒沢ちゃん。朝ご飯デビ」

「ひぃぃ!?」

突然声をかけられて、アタシは数センチほども飛び上がった。

震える女たち

慌てて顔を上げると、そこには例のコスプレ女が淡い光を放ちながら、ふわふわと浮かんでいた。

「あはは、黒沢ちゃんったら、エッチデビなぁ」

どうやらバッチリ見られてしまったらしい。

流石に、これは恥ずかしい。

「オナニー大好き黒沢ちゃん。たしかに名前からして、オナニー好きそうだもんね」

(名前からしてって、どんな言いがかりよ！)

だが、自分独りでやってしまったことなだけに、誰のせいにもできない。

「ううぅ……」

あまりの恥ずかしさに項垂れると、コスプレ女は「あははっ、ひとりエッチして、お腹空いたでしょ。ほい、ご・は・んデビ」と、アタシの目の前に何かを放り投げてきた。

床の上に落ちたそれは、六枚切りの食パン。それが一枚。焼いてもなければ、ジャムもバターもついていない。

「投げないでよ！　床に落ちちゃったじゃない。それにまさか、これだけ？」

「感謝してほしいもんデビな。これからは昼と夜に食パンを一枚ずつ。ペットボトルのお水は一日一本あげるデビよ。はい、お水」

「お水……」

差し出されたペットボトルを受け取って、ちょっと嬉しくなった自分がイヤになる。

(どうせなら、できるだけ早くアイツを惚れさせて、ここを脱出するほうが良いよね。どうせ

やられちゃうなら同じことだもん）

アタシの心は決まった。

アイツを誘惑する。ここを出るために全力でアイツを虜にしてやる。

「ねえ。アイツを……あのキモ男を呼んできて」

「んー？　なんで？」

「なんでもいいじゃない。とにかく呼んで！　抱かせてあげるって言えば、飛んでくるんでしょ！」

途端にコスプレ女は「ぷふぅ！」と噴き出した。

「あはは、抱かせてあげるだって！　まだ上から目線でモノが言えるっていうのは、ある意味大したもんデビなぁ」

思わずムッとするアタシに、彼女はニヤニヤしながら顔を突きつけてくる。

「むしろ、黒沢ちゃんはフミフミに飽きられないように頑張んないと」

「はぁ!?　このアタシに飽きるなんてこと……」

「あるんデビな、これが。フミフミは今、他の女の子を物色しているところデビ。一回ヤっちゃったら、黒沢ちゃんは用なし。もう使い古しのオナホみたいなもんデビ」

「そんな……」

「いや、頑張ろうにも手遅れかもしれないデビねー。もしかしたらフミフミも、もうこの部屋には来ないかもしれないし」

「じゃ、じゃあ、アタシ消されちゃうの？」

飽きられたら処分されます。――フリージアさんのそんな言葉が脳裏をかすめる。

「大丈夫、大丈夫。痛みとか全然ないし、気が付いたらもう消えてるってだけデビ。あ、消えたら気が付かないデビな。あはははははっ！」

自分の言葉で、コスプレ女は腹を抱えて笑い転げる。

だけど、アタシのほうはそれどころじゃない。

せっかく我慢しようと思ったのに、チャンスも与えられずに殺されちゃうの？

誰にも気づかれずに消えちゃうの？

純くんにも、もう会えないの？

そう思うと、アタシの中で張り詰めていた何かが、ぷつりと切れた。

その途端、身体の震えが止まらなくなって、奥歯がカタカタと音を立てる。

「やだぁ……。やだよぉ……。消えたくないよぉ……」

あまりの怖さにアタシは、そんな風に声を漏らしてしまった。すると、コスプレ女は呆れたとばかりに肩を竦める。

「消えたくないデビ？」

「あ、当たり前じゃないの！」

「はぁ……もう、仕方ないデビな。リリも鬼ではないデビ、悪魔だけど。あと一回ぐらいは黒沢ちゃんを抱いてくれるように、フミフミに頼んであげるデビ」

「ほ、ほんと！」

「ただし！　頼むだけデビ。どうするかはフミフミ次第デビ。せいぜいフミフミが来てくれることを祈ってるデビな」

そう言って、コスプレ女はいきなり姿を消した。

彼女の姿が掻き消えると、再び部屋は闇の中。物音一つしない真の闇。自分でも気付かないうちに消されてしまうかもしれないと思うと、恐怖に圧し潰されそうな気がした。

「き、来て……来て……早く来て、お願い、お願いだから……。す、好きになるから、アタシのこと、好きにしていいから、ねぇ、早く……怖いよ、怖いよぉ……」

心が完全に折れてしまった。

アタシは食パンを手にしたまま膝を抱えて、ただガタガタと震えていた。

×××

「はぁ……やっと終わった。アイツらほんと、ムチャクチャだよ」

放課後、教室の掃除を押し付けられてしまった僕は、やっとの思いで全部を済ませて、みんな帰ってしまった後の人気のない靴箱の前にいた。

「まさか僕一人に、全部押し付けるなんて……って、あれ？」

ブツブツと愚痴をこぼしながら校庭の方に目を向けると、校舎の裏手——旧校舎のほうへと歩いていく、女の子たちの姿が目に留まる。

（こんな時間になんだ？　あれ？　藤原さん？）

女の子の一団の中に、藤原さんの派手なサイドテールの金髪が見えたのだ。

陽は傾き切って、運動場の方に目を向ければ、運動部の連中が後片付けを始めている。そんな時間。

どうにも不穏なものを感じて、僕は急いで靴を履き替えると、女の子たちの後を追った。

植え込みに身を隠しながら様子を窺ってみると、彼女たちの先頭を歩いているのは陸上部のエース、照屋さん。そしてその後ろには、俯いたままついていく藤原さんの姿が見える。

彼女の周りを取り囲んでいる女の子たちは揃えたように、皆ショートカット。たぶん、陸上部の後輩たちなのだろう。

（あちゃー……早速かよ。照屋さん、行動力半端ねぇな）

藤原さんがどうなろうと知ったことではないけれど、ここで帰ってしまうのはなんだかモヤモヤする。

僕は、とりあえず後を尾《つ》けることにした。

旧校舎に辿り着くと、照屋さんは裏口の扉に鍵を差し込む。

老朽化が進んで旧校舎は立ち入り禁止。しかも、幽霊が出るなんて噂もある。なんで照屋さんが鍵を持っているのかは知らないけれど、旧校舎の中なら誰にも邪魔されることはない。

彼女たちが中に入ったのを見届けた後、少し間をおいて僕は裏口の扉、そのノブに手をかける。

用心深いことに、照屋さんたちはちゃんと鍵をかけていったようだ。

でも、鍵がかかっていようが、かかっていまいが、僕には何も関係ない。僕は扉に重ねて例の扉を出現させ、『通過《スルー》』であっさり旧校舎の中へと侵入する。

流石にここまでは、運動部のかけ声も聞こえてこない。夕陽のオレンジに染まる旧校舎の廊下、舞い落ちる埃が斜光に照らされてキラキラと光っていた。

長い間、誰も使っていない建物だけに、どこもかしこも埃《ほこり》まみれ。だが、そのおかげで彼女たちの足跡もきっちりと床の上に残っていた。

僕は足音を殺して、床の上に残された彼女たちの足跡を辿る。

一階奥の階段から二階へ上がった途端、「きゃっ！」という悲鳴とともに、だれかが壁に叩きつけられたような音がした。

(おいおい、マジかよ。穏やかじゃないな)

僕は駆け出したくなる気持ちをぐっと抑えて、足跡の続いている教室の扉へと近づく。そして扉の陰から中を覗き込んだ。

取り壊しを待つだけの建物なだけに、教室の中はからっぽ。机もなければ、椅子もない。

そんな教室の奥に、壁を背に座り込んで項垂《うなだ》れる藤原さんと、それを取り囲む照屋さんたちの姿があった。

何が起こっているのかは、一目瞭然。ただ、正直意外な気がした。

女の子のいじめといえば、何かを隠したり、悪い噂を流したり……そういう、もっと陰湿なものだと思っていたのだけれど。

「あ、あはは……照屋ちゃんってば、冗談きついってば。勘違い、勘違いだって。あーし、粕谷っちのことなーんとも思ってないから、ホントだよ、ホント。勘弁してってばぁー」

藤原さんが媚びるような笑いを浮かべながらそう主張すると、照屋さんは彼女に顔を突き出して、無言のままじっと見据える。

「な……何？」

頬を引き攣らせて身を逸らす藤原さんに、照屋さんはこう言った。

「アンタ……小金井《こがねい》だよね」

(小金井？　小金井ってなんだ？)

僕は、思わず首を傾げる。

だが、その一言に対する藤原さんの反応は劇的だった。

大きく目を見開いて顔面蒼白、唇がぷるぷると震えている。

「やっぱりそうだよね。似てるとは思ってたけど、名前違うし、見た目も全然違うから」

「し、知らない！　あ、あーし、そんな名前じゃない！」

必死に首を振る藤原さん。だが、照屋さんはそれを全く無視してこう問いかけた。

「で、小金井。アンタ、まだウリやってんの？」

「な、な、なんのこと？　あ、あーしそんなことしてない！　ひ、人違いだってば！」

「もういいって。バレてんだから。アンタが逃げ出したせいで、こっちはホント迷惑したんだからね。姉貴ったら金づるがいなくなったって、しばらくずっと不機嫌でさぁ」

「違うって……言っててんじゃん」

「しつこいなぁ。なんなら今すぐ姉貴に電話してみようか？　たぶん、すっとんでくるよ。アンタ、ボコりにさ」

「ひっ!?」

「良いこと教えてあげようか？　姉貴、去年結婚したんだけどさ。旦那、コレもんなんだよね」

そう言って、照屋さんは頬に傷を描く素振りを見せる。

「姉貴に見つかったら大変だよ。多分、ソープに沈められて、二度と浮かんでこれないね」

途端に、藤原さんの頬が恐怖に引き攣るのが見えた。

「わ、わかった！　わかったから！　粕谷っちには二度と近寄らない、約束するってば！」

「はぁ？　それで済むと思ってんの？　アンタ、ホントに目障りなんだよね。万券一枚で身体売ってたビッチの癖に純一さまに媚び売ってさ」

(純一さま……かよ)

僕は流石に呆れる。照屋さんにとって、粕谷くんは王子さまかなんかなのだろうか。

「ごめんってば、もう許してよぉ……」

とうとう泣き出してしまった藤原さん。小刻みに身を震わせる彼女を見据えて、照屋さんは無表情にこう言い放った。

「じゃあ、脱ぎなよ」

「……え?」

「二度と逆らおうって気起こさないように、恥ずかしい写真撮ってあげるからさ。それで今日のところは許してあげる」

✖ 旧校舎の幽霊

自分をいじめてたヤツが、他のヤツにいじめられているのを見たらどう思うだろうか?

ざまあみろ?

そうだね。そう思う。でも、自分の手で仕返ししてやろうと思っていた矢先に、他のヤツがそいつをいじめているのを目にしたら、きっとこう思うはずだ。

横取りすんじゃやねぇ!

今の僕が、まさにそれ。

「せんぱーい。早く脱いでくださいよぉ」

「ビッチのクセに全然胸ないんスね、ぎゃははは!」

「下級生の前で素っ裸に剥かれるって、どんな感じ~?」

教室の中では、藤原さんを取り囲んだショートカットの下級生たちが、手に手にスマホで写真を撮りながら口々に囃《はや》し立てている。

照屋さんは、口元に意地悪そうな笑みを貼り付けたまま、一歩引いたところでそれを眺めていた。

(だいぶ、性質《タチ》悪いな、コイツら)

『健全なる精神は健全なる肉体に宿る』という言葉は、実はラテン語を翻訳する際の誤りで、正しくは『健全なる肉体にも健全なる精神が宿ればいいのに』らしい。

つまり、『体力に自信のあるヤツほど、性根は腐ってることが多い』ってことだ。こいつらは、まさにその見本みたいな連中だと思う。

「うぅ……ぐすっ、ぐすん……」

藤原さんはボロ泣きしながら、ブラを外したところ。

「ひぇー、パットビシバシじゃないっスか。脱がせてビックリ、彼氏になる男が可哀そうっスね。詐欺っスよ、詐欺」

下級生の一人が、彼女の手からブラをひったくると、笑いながら背後にそれを放り投げた。

うん、確かに藤原さんは胸があるほうではないと思っていたけれど、ブラを外した今、ここから見てもわかるぐらいの貧乳。想像以上の大貧乳だ。

だが、ショートカットども。おまえらにはわかるまい。

褐色ちっぱいピンク乳首の尊さを！

正直に告白する。僕は初めて藤原さんに性的な欲望を感じた。あの乳首に歯を立てて、コリコリしたいと思った。

まあ、僕の性癖はどうでもいいとして、藤原さんに残されているのは、もはやショーツ一枚だけ。こうなってしまうと、ピンクに縁どられた黒の派手な下着がかえって痛々しい。

「ゆるしてぇ……もう十分でしょ、ゆるしてよぉ」

手で胸を隠しながら、藤原さんがそう訴えると、照屋さんは意地悪く微笑みながら首を振る。

「十分かどうかはアタシが決める。そうだね、AV女優みたいに、大きく股開いた写真撮ったら終わりにしてあげるよ」

「そんなぁ……」

「なんなら、姉貴に電話しようか？」

「ひっ!?　うぅぅぅ……ぐすっ……」

嗚咽を漏らしながら、藤原さんがショーツに指をかけるのが見えた。

この時の僕の感情を一言で表現すると——不愉快。そうとしか言いようがない。

藤原さんを憐れんでいるわけではない。彼女が苦しむのは構わない。彼女が絶望するのも構わない。だが、それを与えるのは僕でなければならない。そいつは僕の獲物であって、おまえらの獲物じゃない。

さて、どうする？

この胸のモヤモヤを解消するためには、実に不本意だけれど、藤原さんを助けるしかない。

相手は照屋さんを含めて五人。女の子とはいえ体育会系の娘たちだ。まともに喧嘩して勝ち目はない。あるわけない。断言してもいい。照屋さん一人が相手でもボコボコにされる自信がある。

伊達にいじめられっ子なわけじゃないのだ。

だからと言って、黒沢さんの時みたいに部屋の中へ引っ張り込もうにも、相手は五人。

一人目を引っ張りこんだあとは、不意打ちではなくなってしまう。それに一人でも逃してしまえば、この部屋の存在が露見しかねないのだ。たかが藤原さんのために、そんなリスクは負いたくない。

(まてよ……そういえばここ、幽霊が出るって噂あったよな)

ならば、これしかない。

実行する場所はどこでも問題ないが、照屋さんたちの反応を確かめるには、彼女たちの真正面がいい。

僕は足音を殺して隣の教室に入ると、藤原さんが立っている辺り、その背後にあたる場所に扉を出現させた。

部屋の中に足を踏み入れてスマホのライトを点灯させると、奥にもう一枚の扉が見える。

ここを開ければ隣の教室。藤原さんの背後に出る。

だが、僕は扉の前で足を止めた。

「すー、はー」

そこで大きく深呼吸。そして、頭の中で条件を確認する。

この扉は、僕が許可したものにしか見えない。たとえ開け放ったとしても見えない。

扉を閉じたままでは、室内の音は外には聞こえない。

扉が開いている状態なら室内にいる僕の姿は見える？　どうだろう？　わからない。

じゃあ、リスクは犯すべきではない。

扉が開いている状態なら音は聞こえる？　聞こえる。扉を開けた状態なら、外でも黒沢さんの声は聞こえた。

「よし」

僕は、わずかに扉を開けて、その陰から隣の教室を覗き込む。

目の前には、ショーツに手をかけたまま嗚咽《おえつ》を漏らす藤原さんの背中。その向こう側にはスマホを手に、期待に満ちた目をするショートカットの下級生たちの姿。一番向こうに照屋さんの姿が見えた。

（頼むから、ビビッてくれよっ！）

「ぐぉおおおおおおおおおおおっ！」

藤原さんがショーツを脱ぐのとほぼ同時に、僕は扉の隙間に口を当てて大声を上げる。そして、扉を勢いよく開け閉めし始めた。

途端に、「ひっ!?」と声を上げて、照屋さんたちは一斉に飛び上がる。バタンバタンとけたたましい音が教室に反響して、彼女たちは激しく狼狽《うろた》えていた。

「な、何!?　なんなのよ！」

「先輩、これ幽霊っス、お化けっス！　出たっスよ！」

「き、聞いたことある……こ、ここ、出るって！」

「キャア――――――ッ！」

一人が悲鳴を上げて逃げ出し始めると、あとは総崩れ。ショートカットと照屋さんたちは、互いを押しのけながら、我先にと廊下のほうへと走り出ていく。

遠ざかっていく悲鳴。階段を駆け下りる、けたたましい足音。それが完全に消えてしまうのを待って、僕は「ふぅ……」と、大きくため息を吐いた。

（どうにか上手くいったみたいだな）

だが、あらためて扉の隙間から教室の中に目を向けると、藤原さんだけが、逃げ出しもせずにその場に座り込んでいる。

素っ裸の彼女は、脱いだショーツを握り締めたまま、ガクガクと身を震わせていた。顔は盛大に引き攣り、驚愕に見開かれた目。その視線は、こちらに向いている。

もちろん彼女から僕が見えているはずはない。単純に音の聞こえてきたほうを見ているだけだ。

流石に素っ裸では外に飛び出せなかったのかとそう思ったが、よく見てみれば、彼女の座り込んでいる辺り、そこにさっきまではなかったはずの水たまりができている。

まさかのお漏らし。

「立てないのは……腰が抜けたのか？」

だが、これは面白いことになった。

流石に、この姿は誰にも見られたくないはずだ。復讐の材料としては最高だと言って良い。写真にとって脅すというのは、照屋さんたちの同類になるように思えて気が進まない。だが、少なくとも僕が見ていたことを知らせれば、今後、僕に対して強気に出ることはできなくなるはずだ。

僕は意気揚々と廊下に歩み出ると、何くわぬ顔をして、藤原さんのいる教室に足を踏み入れる。

「こんばんはー。おもらしっ娘《こ》の藤原さん！」

藤原さんは一瞬怯えるような顔をしたものの、声の主が僕だと気づくと、ぽかんと呆気にとられたような顔をした。そして、一呼吸の間を置いて、大声を上げて泣き出した
「うぇえええん！　え、え、えっと、誰……だっけ、ヒック、ヒック、アンタ、うぇえん！　名前忘れたぁああ、うぇえええええええんっ……」

「名前ぐらい覚えといてよ⁉」

(泣きながら言う言葉か、それ！　っていうか！　名前も知らない相手をいじめてたのかよ！)

彼女が泣き止むのを待って、僕は床に落ちていた彼女の服を拾い集めて差し出す。

「とにかく、まずは服を着ようよ、ね」

「ふぁ⁉」

途端に彼女は、慌てて胸と股間を隠した。

「み、見た？」

「心配しなくても、ちっぱいには興味ないから」

「ちっぱいじゃないし！　成長期だし！」

「はいはい、お嬢ちゃん、成長期長いねー」

「流さないでよー！」

「ああ、あとそのままじゃパンツも穿けないでしょ。これ使うといいよ」

僕は体育の授業用に持ってきていたスポーツタオルを、カバンから引っ張り出して投げ渡す。

「うぅ……ありがと。洗って返す」

「藤原さんのおしっこまみれのタオルを返されても……。マニア向けのお店になら売れるんじゃない？」

「そんな意地悪言わなくてもいいじゃん。買って返すよ！　もう、後ろ向いててってば！」

僕が背を向けると、背後で身を拭う音、衣擦れの音が聞こえてくる。

僕は何げなく古びた黒板を眺めながら、藤原さんの身支度が整うのを待った。

（なんで、僕が藤原さんの面倒をみる感じになっちゃってんだろ？）

お漏らしを揶揄《からか》って、ざまあみろと笑いながら帰るつもりだったのに、名前を忘れたと叫びながら大号泣されたせいで、調子が狂ってしまったのだ。

帰るタイミングを逃したとしか、言いようがない。

そんなことを考えていると、背後から藤原さんが話しかけてきた。

「ねぇ、マジでキミ、名前なんだっけ？」

「……木島文雄。一応、藤原さんとは、去年も同じクラスだったんだけどね」

「あはは、ごめんってば。大丈夫もう忘れないよ。ふーみん！」

「ふーみん!?」

おまえ、距離感バグってんぞ！

「うん、もうこっち向いてもいいよ、ふーみん」

僕がため息交じりに振り向くと、服をちゃんと着直してはいたけれど、彼女は水たまりから少し離れた壁際に座り込んだまま。

「ねぇ、ふーみん。悪いんだけどさ、おんぶして。まだ立てないの。家まで送ってよー」

「無理」

「えーいいじゃん。意地悪しないでさぁ」

「僕に、女の子を背負えるような体力があるとでも？」

「えーと……なんで自慢げなん？」

藤原さんは苦笑すると、ポンと一つ手を叩く。

「じゃあ。こーしよー。あーしが立てるようになるまで一緒にいさせてあげる。しょーがないんだから、ふーみんは」

「なんで、僕がいたいみたいになってんのさ」

「いーじゃん。ふーみん、あーしのこと助けに来てくれたんでしょ？」

「たまたま通りかかっただけだよ」

「旧校舎の中なのに？」

「旧校舎の中を探検してたら、声が聞こえてきたから覗いてみただけだって」

「ふーん。そうなんだ。幽霊と同じ声なのにね」

「な!?」

僕が思わず目を見開くと、彼女はにんまりと笑った。

「あはは、うそ。声なんて覚えてないけど、その反応は当たりっぽいねー」

「ぐっ……」

「ま、いいじゃん。ちこーよれ、ちこー！」

まさか、こんなアホっぽい黒ギャルに手玉にとられるとは。

ちょっと悔しくなって、僕は彼女の隣に腰を下ろすと「おしっこくさい」と、そう言ってやった。

だが、彼女は――

「興奮するっしょ？」

そう言って、恥ずかしがる素振りもなく、こてんと僕の肩に頭を乗せてきた。

✖ 過積載にご注意ください。

陽も沈み切って、青い月明かりの差し込む旧校舎二階の教室。

そこで肩を寄せ合う、黒ギャルと僕。

（なんだこれ？　なんでこうなった？）

「あはは、ふーみんとは話がしやすいなー。あーしら相性バッチリじゃね？」

「気のせいだろ」

「またまたー、照れるな、照れるな」

「照れてない」

もし本当に話しやすいと思っているのなら、それは多分、僕に遠慮がないからだ。

藤原さんは復讐相手。ただの獲物。嫌われても構わない、そう思っているから好き放題に言える。

気安い言葉と投げやりな言葉は、よく似ている。その間には、紙一重の差しかないのだ。

それにしても、藤原さんは良く喋る。

ついさっきまで、素っ裸にひん剥かれて号泣していた人間とは思えない。

こいつの情緒は、いったいどうなっているんだろう？

「でも助かったよーほんと。ふーみんが来てくれなかったら、あーしの人生終わってたよねー、マジヤバだったよー」

「大袈裟だなぁ……」

「そんなことないってば。今回は粕谷っちのことだったけど、その前から照屋ちゃんとは色々あってさー。あ、聞きたい？　聞きたい？」

「別に」

「つれないなー。いーし、勝手に喋るし」

「喋んのかよ」

「あーしってば、昔はすっごく大人しい子だったんだけどさ。ちょっとしたことで、すっごくおっかない先輩に目ぇつけられちゃってさ……」

「それが、照屋さんのお姉さん？」

「ふーみん……やっぱ、あーしらの話聞いてたんじゃん」

「…………それで？　続けたまえ」

「ああー誤魔化したー！　まあ、いいけど。そのお姉ちゃん、杏奈《あんな》先輩って、すんごい不良でさー。ムチャクチャ殴られるし、蹴られるし、お金取られるし、最後には無理やりウリなんかやらされちゃってさ。小汚いおっさんに膜破られて、稼いだお金は全部持ってかれて、もー最悪だったよー」

「親とか警察には？」

「言えないよ。あの頃、ウチってば母子家庭でさ、お母さんに心配かけたくなかったし」

「意外とハードな人生歩んでんのな」

「でしょ？　でもお母さんの再婚が決まって、この町に引っ越すことになってさ。次の学校に行ったら絶対いじめらんないようにしようって、はりきって……」

「でも、そこに照屋さんがいた」

「そうそう、ビックリしたよー。前住んでたところから遠い学校なのにさ。なんでいんの!?　って感じだったよー」

「陸上部の監督に、スカウトされたらしいね」

「うん、前の学校の時から足速いって有名だったしねー。照屋ちゃん自体は不良ってわけじゃないけどさー。杏奈先輩に見つかったらヤバいじゃん」

「まあ、姉妹だしね」

「ほんとそう。杏奈先輩、照屋ちゃんのことマジラブだったしさ。でもラッキーだったのは、親の再婚で苗字が変わってたこと。あとはキャラ変しちゃえばバレないかなって」

「あーそれで、そんな汚ギャルに……」

「汚ギャルいうな！　最初は変装してる感じだったけど、もう三年目だしねー。今はこれが正真正銘、百パーのあーしだよ」

「ふーん。でも、とうとう照屋さんにバレちゃったってわけだ。ご愁傷さま、さよなら藤原さん。キミのことは忘れないよ」

「ちょ!?　ふーみん、ヒドいぃ！」

彼女は身を乗り出して、非難がましく顔を突きつけてきた。

「だって、その杏奈先輩って人が、藤原さんのこと攫《さら》いに来ちゃうんじゃないの？」

「じゃ、ふーみんがあーしを守ってよ！」

「むしろ、差し出す勢いだよ」

「うぅぅ……意地悪ぅ。でも、照屋ちゃん自体は、全然不良ってわけじゃないから、たぶん粕谷っちに近づかないようにしとけば、ほっといてくれると思うんだよねー。あーしのことは」

「藤原さんのことは？」

「うん。ここだけの話だけどさ。ほら、美鈴って行方不明じゃん。たぶんアレ、杏奈先輩の仕業だと思うんだよね」

「へー……」

(おいおい、なんか面白いこと言い出したぞ……)

「ほら、ふーみんも聞いてたでしょ？　純一さまだよ？　いくらラブっってても同級生のことさま呼びとかヤバくね？　照屋ちゃんってば、粕谷っちマジラブなんだよ。だったら一番邪魔なのって……」

「彼女の黒沢さん」

「そーいうこと。照屋ちゃんが杏奈先輩に頼んで、美鈴を攫ってもらったって考えたら、ツジツマ合うっしょ？」

「合うね」

「合っちゃうんだよねー、これが」

そう言って、藤原さんは自慢げに薄い胸を反らす。

アホはアホなりに、色々考えるものだと感心した。

だが、実際面白いぐらいに辻褄は合う。合ってしまう。

照屋姉妹は、この先何かに利用できるかもしれないなと僕は、ぼんやりそう思った。

×××

なんだかんだと言いながら、結局、藤原さんを家まで送り届けることになってしまった。

本当に、彼女には調子を狂わされている。

幸い、彼女の家は学校からそれほど遠くはなかったけれど、「まだふらふらする」と、ずっと腕にしがみつかれたまま歩くはめになったのはどうなのだろう？

ぼくが童貞だとでも思って、揶揄《からか》ってるってことだろうか？

「離れろ」と言っても意に介さず、「おしっこの臭いが移る」といえば流石に怒るだろうと思ったのだけれど、全くの逆効果。「マーキングぅ」と言いながら、ゲラゲラ笑って頬を擦り付けてくる始末。

うん、ギャルという人種とは、一生わかり合えそうにない。

確かに、女の子と腕を組んで歩くというシチュエーションは、恋人同士みたいでドキドキしたのは否定しない。ラブコメにありがちな、『お、おっぱいが腕に当たってる！』などということが、全くなかった辺り、彼女の貧乳に多少の憐れみを感じなくもないけれど……。

「で……これ、なんの冗談なの？」

そして今、僕は呆然と巨大な門を見上げている。

「ウチ……だけど」

柵の向こう側には、テニスコートが何面も取れそうな広い庭。そのさらに向こう側に遠近感が狂ってるんじゃないかと思うほどの大豪邸が鎮座していた。

話を聞いてみれば、藤原さんの義父。つまりお母さんの再婚相手は、僕でも名前を知っているような大手ゼネコンの創業者一族。その当主なのだという。

その義父は、前妻との間に子供はなく、後妻の連れ子である藤原さんを溺愛しているのだそうだ。

「引かないでよね。家は家、あーしはあーしだから……」

藤原さんがそう言って不安げな顔をした時、僕は――

(黒ギャルで、アホの子で、いじめっ子で、いじめられっ子で、ちっぱいで、お漏らしっ娘で、お嬢さまって……属性が過積載起こしてんじゃねーか！)

心の中で、そんな叫びを上げていた。

一人で、エロゲのヒロインキャラをコンプリートしかねない勢いである。

×××

結局、僕が家に帰り着いたのは、夜の九時を過ぎた頃。

「遅いデビ！」

部屋に入ると、リリがプンプンしていた。

なんでも、もっと早く帰ってくると思って、黒沢さんに随分なプレッシャーを与えてしまったらしい。

「黒沢ちゃん、壊れちゃってるかもしれないデビよ」

「いっそのこと、壊してから返すってのもありかもね。それでも粕谷くんは黒沢さんのこと好きでいられるかどうかって……」

「おー、フミフミも、だいぶ鬼畜なことを言うようになったデビな。ただ、口だけなのが残念デビ」

「ほっとけ」

「それにしても、なんでこんなに遅かったんデビ？」

リリのそんな問いかけに、僕は今日あった出来事、その顛末を話す。

すると、リリは「やらかしおったｗｗｗ」と、語尾に盛大に草を生やした。

「なんだよ。僕が何やらかしたってのさ」

「ぷぷっ……たぶん、明日学校に行けばわかるデビ」

「なんだよ、感じ悪いなぁ……」

「まあまあ、あとその照屋って姉妹は面白いデビな。ちょっと調べさせてみるデビ」

「うん、お願い。じゃあ、僕、ご飯食べてくるから」

「ところでフミフミ、大丈夫デビか？『野獣で紳士』の特訓でやったことはちゃーんと覚えてるデビ？」

「うん、大丈夫。くっそ寒いセリフだって、真顔で言える」

僕がそう答えると、リリはぐっと親指を突き出した。

「ＯＫデビ。じゃあ、腹ごしらえしたら、すぐに黒沢ちゃんのところに行くデビよ」

✖ 恋人プレイ

「怖い……怖い……消えたくない……よ」

もし声に形があったなら、アタシは今頃、この部屋に溢れた自分の声に圧し潰されていることだろう。

虚しく反響する声。『怖い』の呟き。少なくともそれが聞こえている間は、アタシはまだ消えてはいない。

あのキモ男が、死刑執行のボタンに指をかけながら、じっとアタシを見つめている。そんな妄想が頭の中に居座っていた。

それにしても、あのコスプレ女が去ってから、どれぐらいの時間が過ぎたのだろう。

一日、二日……いや、そんなには経っていないと思う、たぶん。

『人間が一日に何回、物を考えると思います？　二億回ですよ。二億回。だからね。そのうちの数回を授業に使っても、ちっともバチは当たらないと思うんですけどねぇ』

脈絡もなく、化学の稲葉《いなば》先生が授業中に騒いでいた立岡くんに、そんな説教をしていたことを思い出した。

思考はとりとめもない。いろんな人の顔、いろんな風景、いろんな想いが脈絡もなく浮かんでは消える。

でも、アタシの今日の二億回。その大半は恐怖に占められている。その次に多かったのは多分……後悔だ。

なんであの時、あんなことをしたのだろう。

キモ男が、何か悪いことをしたのだろうか？　好きになった女の子に手紙を出しただけ、それだけだ。

でもあの時、アタシはそうするのが正しいことだと、そう思っていた。

アイツは真咲に不釣り合い。身のほど知らずも甚だしい。鏡を見て出直してこい。

真咲は優しくて素直な子だから、言いくるめられてよからぬことをされかねない。そう思った。真咲はアタシが守らなきゃって、そう思っただけなのだ。

……言い訳だ。わかってる。もうわかってるんだってば。

アイツの頭を踏みつけた時、間違いなくアタシは楽しんでいた。いじめることを楽しんでいたのだ。

その報いが……これだ。

フリージアさんが言っていた。

アタシに残された選択肢は、『愛か死か《ラブオアダイ》』。

死にたくなんてないのだから、実際は一つしかない。純くんのところに帰る方法は、一つしかないのだ。

アタシは、あの男に淫らに媚びて、惨めに縋《すが》って、偽りの愛を語って生き延びる。

あの男を夢中にさせて、虜にして、アタシの願いを叶えたいと、そう思わせる。

それしかない。それしかないのだ。

ただし、それもあの男がもう一度、アタシのところへ来てくれればだけど……。

思わず自嘲気味に吐息を漏らしたその瞬間、突然、ぎっ……と木の軋むような音が響いて、アタシは思わず身を跳ねさせる。

(来た！　来てくれたっ！)

無意識のうちに、アタシは歓喜に胸を震わせていた。目の奥が潤むような、そんな気がして、涙がこぼれないように天井を見上げた。

(慌てちゃダメだ……これからが本番なんだから)

喜ぶのはまだ早い。これが最後のチャンスになるかもしれないのだ。

アタシは胸に手を当てて、呼吸を整える。

キモ男が来たら、どんな風に誘惑するか。それはもちろん考えてあった。

最初が大事。甘える感じで。エッチな感じで。

『あはぁ～ん。アタシ、もう我慢できないよぉ。ねぇ、アナタぁ、早くぅ～』

愛しい夫の帰りを待ちわびていた新妻のイメージだ。

バカっぽいのはわかっている。恥ずかしいに決まっている。でも、やるしかないのだ。

扉の形に部屋に光が差し込んで、キモ男のシルエットが浮かび上がった。

アタシは立ち上がると、震える指先でネグリジェの首元のリボンを解いて、しなをつくる。

（まずは、しなだれかかって、「あはぁ～ん」からだ……大丈夫、大丈夫だから、がんばれ、アタシ！）

ゆっくりと歩み寄ってくるキモ男。喉が、ゴクリと音を立てた。

（よ、よし、「あはぁ～ん」だ）

だが、私が声を発するために息を飲み込んだのとほぼ同時に、彼がボソリと呟く。

「ランプ設置」

途端に、どこからともなく現れたランプが、部屋の隅で小さな灯りを点した。

淡い光に照らし出される石造りの壁、アタシとキモ男の影が壁面に伸びる。

「えっ？　な、何？」

突然のことに驚いて、それまで考えていた段取りがどこかに吹っ飛んだ。「あはぁ～ん」から先が思い浮かばない。思わず慌てるアタシのほうへと、キモ男が手を伸ばしてくるのが見えた。

「ヒッ!?」

喉の奥に声が詰まる。思わず身体が強張る。

(ヤバい！　またムチャクチャされる！)

だが、彼は怯えるアタシを抱き寄せて、ちっちゃな子に言い聞かせるような声音で、こう囁いたのだ。

「もう、大丈夫。無理しなくていい」

その瞬間、アタシは、張り詰めていた糸がプツリと切れる音を聞いた。

(誰のせいだと思ってんのよ！)

胸の内ではそう叫びながらも、喉の奥から迫り上がってくるのは、言葉にならない嗚咽。

「う、うぅ……ぐすっ……うぇっ、ぇえぇっ……」

涙がとめどもなく溢れてくる。そしてアタシは、キモ男の胸に縋《すが》りついて泣き崩れた。

「ぐすっ……ひっく、うぇっ……ひっく……」

だめだ。嫌われる。好きになってもらわないといけないのに。面倒臭いと思われたら、何もかもが終わってしまうのに。

焦れば焦るほどに、涙が止まらなくなる。

ところが、泣きじゃくるアタシの頭を撫でながら、キモ男はまた耳元で囁いた。

「泣いていてもいい……そのまま愛してやるから」

そして、指先でアタシの顔を上げさせると、彼は強引に唇を奪う。

「んっ!? んんっ……んっ……」

アタシは思わず目を見開いた。息が詰まる。頭がぼうっとする。抵抗しようにも身体が動かない。

「んんっ!?」

唇を割って、彼の舌がアタシの中へと入ってくる。舌と舌が絡み合うと、ぞわりと背筋を電流が駆けあがって、頭の芯がジンと痺れるような、そんな気がした。

ちゅくっ、ちゅくっ、くちゅ……。

いやらしい水音が鼓膜を擦って、次第に身体の力が抜けていく。気がつけば、アタシは彼の首に手を回していた。

長い長い口づけ。やがて唇が離れると、二人の間に唾液が、細くいやらしい糸を引く。

「はぁ……はぁ……っ。ちょ、ちょっと、ま、待って……」

「待たない」

混乱するアタシを、キモ男はゆっくりと押し倒した。

「ベッド設置」

キモ男がそう呟いた途端、突然、背中に柔らかなものが当たる。何もなかったはずのそこに、いつのまにかベッドが横たわっていた。

（え？　何？　なんで？　ベッド？）

混乱するアタシ。思わず左右を見回していると、突然、キモ男がアタシの名前を呼んだ。

「美鈴」

アタシが顔を向けると、彼はじっとアタシのことを見つめていた。呼び捨てにされたのに不思議と嫌な気はしなかった。刺すような視線に射竦《いすく》められて、アタシは呻くように口を開いた。

「な……何……？」

「僕の女《モノ》になれよ」

そして彼は、再びアタシの唇を自らの唇でふさいだ。

「んっ!?　んんっ……！」

唇を割って、強引に舌がアタシの中へと入ってくる。熱い舌先が歯茎をなぞって、口腔を撫でる。ざらりとした感触、ぬるりとした感触、口の端から涎が滴り落ちて、頬に筋を描く感触。どの感触も生々しい。

「んっ……はぁ、あっ……んっ……」

舌と舌が絡まり合って、ちゅぷ、ちゅぷといやらしい水音が響いた。舌先のざらざらとした感触が、なすすべもなくアタシの内側を征服していく。

「ひんっ!?」

突然、背筋に電流が走って、アタシは思わず身を仰け反らせた。

いつのまにかネグリジェが、胸の上までたくし上げられていて、彼はアタシの胸に手を伸ばしていた。

下着の上で乳首の周りを這いまわる彼の指先。それに応えるように、身体がどんどん敏感になっていくのがわかる。

「はずかしぃよぉ……」

顔が熱い、頬が熱い。アタシは思わず手で顔を覆う。多分今、アタシは耳まで赤くなっている。

「こんな下着で誘うなんて……いやらしい子だな、美鈴は」

(ああ、見られてる……って、下着?)

恐る恐る瞼を開いて、自分の身体に目を向ける。そして、アタシは思わず「ちょまっ!?」と、色気の欠片もない声を漏らした。

アタシが身に着けていたのは、乳首と股間がやっと隠れる程度の三角形の白い小さな布地。あとはヒモ。

極端に露出度の高いそれは――いわゆるマイクロビキニ。

ヤられる気満々。完全に痴女である
(何着せてくれてんのよ! フリージアさぁああん!)

ピースサインで微笑む、銀髪メイドの姿が脳裏を過った。

だが待て、目的はこの男を誘惑することなのだ。頭がおかしいとは思うが、この場合、決して間違いではないはずだ。

キモ男の様子を窺うと、どういうわけか彼は照れたような顔をして、視線を逸らしている。

「あ、あの……この下着は、その……」

「勘弁しろよ。そんな恰好で誘われたら、我慢できなくなるだろ。今夜は、ゆっくり可愛がってやりたいんだってば……」

(あ、あれ？　照れてる？　なんか、可愛い……かも)

そして、キモ男は照れ隠しぎみに、ふたたびアタシの唇をふさぐ。こんどは啄《ついば》むような優しいキス。何度も、何度も、愛おしむような、じゃれるようなそんなキス。

キモ男の指先はキスしている間、ずっとアタシの身体を這いまわっていた。

首筋、背中、脇腹、おへそ、太腿……。ホッとするような、もどかしいような、不思議な感触。

「んっ、あ……あぁ……んっ、はぁ……はぁ……」

羽根で撫でられているかのような優しい手つきに、次第に声が我慢できなくなっていく。素肌同士が触れ合っている部分の温もりが心地よくて、アタシはそれがもっと、もっと欲しくなる。

「ねぇ、キモ……じゃなくて、き、木島くん……」

「名前知ってたんだ」

「当たり前でしょ……クラスメイトなんだから」

嘘だ。随分うろ覚えだったけど、どうにか思い出したのだ。

「お願い……木島くんも脱いでよ。アタシだけこんな恰好じゃ……その、恥ずかしいの……」

「じゃあ、美鈴がボタン外してよ」

「う、うん」

逆らおうとは思わなかった。

アタシは彼のシャツのボタンを、一つずつ外していく。その間、彼の指先は、アタシの髪をずっと撫でていた。

（えへへ、なんだか、褒められてるみたい……）

アタシはなぜか嬉しいような、恥ずかしいような、そんな気がしていた。

✕越えられない壁を越える。

（信じられない絵面《えづら》だよな……）

僕は自分が組み敷いている女の子の姿を眺めながら、胸の内でそう独り言ちる。

白いシーツの上に放射状に広がる艶やかな黒髪。つり目がちな目、その目の周りには今、発情しているかのように朱が差している。

横たわった状態で僕のシャツ、そのボタンに指をかける黒沢さん。

雑誌の読者モデルで、学校一の美人で有名人。大抵の男子は話しかけることにすら躊躇して、大抵の女子はやっかむことすら諦める。

そんな遠い存在だった彼女が今、「木島くんも脱いでよ」と僕のことを求めている。もどかしげに、僕のシャツを脱がそうとしているのだ。

胸の上までたくし上げられたネグリジェ。その下から覗いているのは、素裸よりもいやらしいマイクロビキニ。

黒沢さんに、こんな恰好をさせたのはリリなのだろう。やはりアイツには、絶対ち○ぽがついている。この胸元を見ているだけで、下腹の辺りがモゾモゾするような気がした。

彼女の表情を見る限り、嫌悪感は感じない。

散々仕かけてきた暗示が効いているのだろう。あとは特訓の成果もあったのだと思う。

この部屋に入ってきてからの自分の発言を一つ一つ思い起こせば……うん、死にたい。

『もう大丈夫、無理しなくていい』

『泣いていいてもいい……そのまま愛してやるから』

『僕の女《モノ》になれよ』

この記憶は……シャワーを浴びている時とかに突然思い出して、「あぁああああっ！」って叫びたくなる例のアレ《くろれきし》になることは、もはや疑いようもない。

だが、これこそが特訓の成果なのだ。

僕はあらためて、昨晩の特訓のことを思い起こした。

×××

「ふふん！　わかったら今から演技指導デビ！　特訓デビ！」

「お、おう……」

それにしてもこの悪魔、ノリノリである。

「まずは、次にフミフミが黒沢ちゃんとエッチする時に果たすべきミッションを明確にしておくデビ」

「ミッション？」

「そうデビ。まだ洗脳は途中デビ。具体的には二つ。一つは幸福感を持たせること、もう一つは自分の口で自分の立場を言わせることデビ」

「立場って？」

「なんでもいいデビよ。奴隷でも恋人でもセフレでもペットでもなんでも。とにかく『自分はフミフミのもの』だって言わせれば、それでいいんデビ」

「そんなので良いの？」

今まで散々脅してきたのだ。それぐらい口にさせることはできるはずだ。

腑に落ちない顔をしていたのだろう。彼女はにんまりと笑ってこう付け足す。

「それで良いんデビ」

「その時が来たらちゃんと説明するデビ。ウソでも自分の口で言わせておけば、ボディブローみたいに効いてくるんデビよ」

「じゃ幸福感ってのは？　今、ご褒美の時間なんでしょ？　それで十分なんじゃないの？」

「フミフミに抱かれるところまで含めてご褒美って形にしないと意味がないデビ。ここで昨日みたいな野獣セックスをやらかしたら、フミフミとのセックスは苦行で、その苦行の報酬がご褒美の時間という条件付けになっちゃうデビよ」

「……全然、わかんない」

「まあ、いまはわかんなくても問題ないデビ」

「でもさ。『黙って俺に抱かれろ、優しくしてやるから』ってのはなんとなくわかったけど、そんなので幸福感なんて感じさせられるものなの？」

「無理デビな。フミフミのへったくそなセックスじゃ、絶対無理デビ」

「はっきり言うのな」

「だから特訓が必要なんデビ。フミフミは女の子が幸福感を得るようなセックスって、どんなのだと思うデビ？」

「そりゃ……好きな人とのセックスじゃないの？」

「それじゃあ、フミフミには逆立ちしたって無理デビな」

「ほっとけ」

「まあまあ、まずはこれを見てほしいデビ」

そう言って、リリはどこからか、三冊の本を取り出して僕のほうへと投げ渡す。

少女漫画のような表紙絵の文庫本。ヒロインらしい女の子の腰に手を回してイケメンが微笑んでいる。

……関係ないけど、こういう少女漫画絵のイケメンって、やたら首が長いよな。

「『騎士団長の悩ましい指先』、『王子様に骨の髄まで愛されて幸せ一杯です』、『溺愛執事の甘いくちづけ』……なんだこりゃ？」

「それは乙女小説。いわゆる女性向けの恋愛小説デビ」

「はぁ？」

「その正体は、かなりキッツいエロ小説デビ」

「はぁあああ!?　ちょ、ちょっと待って!?　これエロ小説なの!?　女の子がエロ小説なんて読むの!?」

「ほら、やっぱりそういう反応になるデビ。これだから童貞は」

リリは、大袈裟に肩を竦める。

「う、うっせ！　もう童貞ちゃうわ！　で、これがなんだってのさ！」

「わからないデビか？　乙女小説に描かれているのは女の子の理想の恋愛。つまり、憧れのセックスが赤裸々に描かれているんデビ！　言い換えれば、女の子がしてみたいセックスのウィッシュリストデビ！　ここに描かれているセックスを実践してあげれば、猫まっしぐら、女の子大満足デビ！」

「……アホか」

「なんだとぉ!?」

僕が呆れた素振りを見せると、リリがプンスカと手を振り上げる。

「仮にそうだとしても大前提を忘れてる。『ただしイケメンに限る』ってのをさ」

「なーんだ、そんなことデビか」

「そんなこと？」

イケメン・フツメン・キモメン。その断崖絶壁のような差を理解していないのだろうか、このアホ悪魔は。

この越えられない壁に、僕がどれだけ泣かされてきたと思っているのだ。

だが、リリは自信満々に胸を反らすと、僕の目の前に指を突きつけてこう言った。

「じゃあ、今からリリが、世界中のブサイク共に希望を与える一言を言ってやるデビ。ちゃんとメモを取るデビよ！」

「お、おぅ」

なぜか自信満々。やたらもったいぶって胸を反らすリリに、僕は思わずゴクリと喉を鳴らす。

そして、リリはこう言った。

「ブサイクも見慣れる」

「てめぇ！　ふざけんなぁあああああ！」

「何がデビか！」

思わず詰め寄る僕に、リリが額を突きつけてくる。ちょ!?　角当たってる。刺さる！　刺さる！

「フミフミにも経験あるはずデビ！」

「何がだよ！」

「その一！　席替えで、ブスだと思ってた女の子が隣の席になった。最初は「えー」って思ってたのに、毎日顔を突き合わせているうちに、だんだん可愛く思えてきた」

「……ある」

「その二！　文化祭の準備とかで一緒に作業しているうちに、デブがだんだん可愛いぽっちゃりに見えてきた」

「……あったわ」

僕は思わず愕然とする。その二に関していえば、告白するかどうか悩むところまでいったぐらいだ。

僕のそんな反応に、リリは「ふふん」と鼻を鳴らす。

「全然おかしなことじゃないデビ。それはザイアンス効果っていって、そもそも人間は接触回数が増えるのに比例して好感度が上がるようにできてるんデビ。イケメンってなんデビ？　要は好感度が高くなりやすい顔デビ。でも見慣れれば、誰でも好感度は上がるんデビ」

「そ……それって、つまり」

「そう！　イケメンとキモメンの壁は、越えられない壁じゃないんデビッ！」

その瞬間、リリの背後に、ざぱーんと飛沫《しぶき》を上げる波が見えたような気がした。

「……ただし逆もあるデビ。相手に嫌悪感を抱いていた場合には、接触するたびに好感度は下がっていくデビ。だから第一印象が重要なんデビ」

「ダメじゃん!?　どう考えても黒沢さんの僕への第一印象最悪じゃん！　明らかに僕に嫌悪感持ってるでしょ、黒沢さんっ！」

思わず声を荒げる僕に、リリが再び額を突きつけてくる。刺さってる！　角刺さってるから!?

「だ、か、ら！　ここまでしつこく暗示をかけてきたんデビよ！　黒沢ちゃんの心に好感度の種を蒔いてきたんデビ！　誰のためだと思ってるんデビよ！」

「お、おう……な、なんか、すまん」

「うむ、わかれば良いんデビ。だから、ここが勝負どころ。ここで黒沢ちゃんに、ちょっとでも好意を持たせることができれば——」

「できれば？」

「顔を合わせる度に好感度上昇のインフレスパイラル！　ボーナスステージに突入デビ！」

「リリさま！　一生ついていきますぅぅぅ！」

「うん、うん」

思わず取り縋《すが》る僕に、リリは満足げに頷いた。

「じゃあ特訓デビ！　リリがピックアップした乙女小説を熟読して、女の子の理想の振る舞い方、理想の喋り方、キュンとくるセリフを身に沁み込ませるデビ！　おすすめは俺様系デビ！」

「イエス！　マム！」

「そして、もう一つ大事なことがあるデビ！」

「大事なこと？」

「女の子の理想のセックスに大事なのは、キスと愛撫デビ！」

思わずフリーズする僕に、リリは言い放つ。

「ぶっちゃけ、キスも愛撫も男にとっては大して必要のないものデビ。男なんてち〇ぽぶち込んで擦りあげれば、それだけで満足するエテ公デビ」

「言い方!?」

「でも女の子はそうじゃないデビ。女の子がセックスに求めるのは、愛されているという実感デビ！　たくさん愛を囁いて、時間をかけてキスをして、丁寧に愛撫して、それで初めて女の子は愛されていることを実感するんデビ！」

「面倒くせぇ!?」

「そう、面倒臭いんデビ。だから愛がなくちゃできないし、それをできる男がモテるんデビ！」

思わずうんざりする僕。うん、やっぱ何かおかしい。

「えーと……僕、黒沢さんに復讐してたはずだよね？　なんで、そんな接待みたいなことしなきゃなんないのさ」

「もちろん、今からリョナ路線に変更することもできるデビ。でもそれって、ガチのサド性癖じゃないと結構辛いデビよ？」

「そうなの？」

「そうデビ、軽い気持ちで女の子の指をへし折れるぐらいじゃなきゃ無理デビな」

「うわぁ……」

「このまま洗脳を進めていけば、黒沢ちゃんはフミフミが望むことなら、どんなことにでも尻尾をふって応じてくれるようになるデビ。そうなれば復讐なんて、いくらでもできるデビ」

「……わかった。やるよ」

「うん、じゃあ特訓を始めるデビ。乙女小説のほうはともかく、キスと愛撫のほうは実践練習が必要デビ。今日はちゃんと練習台を用意しておいたデビ」

「練習台？」

「おいで、フェリ」

リリがそう言って指を鳴らすと、僕の部屋、そのベッドの上の辺りに黒い靄《もや》のようなものが現れた。それが、次第に女性の姿を形作っていく。

猫のように四つん這いの姿勢で現れたのは、女の子だった。

リリと同じような捩じれた角をもつ、肩までの緑色の髪の女の子だ。僕と同年代ぐらいだろうか。おそらく、かなり可愛い女の子だ。

おそらくというのは、顔が良くわからなかったから。

彼女は目隠しされていて、口には口枷《ボールギャグ》を噛まされている。身に着けているものも、皮ひもを格子状に組んだような卑猥なボンデージスーツで、肝心なところは何もかもが丸出しだった。

「この子は……？」

「フェリっていうデビ。ちょっと前に攻め滅ぼした敵対貴族の一人娘デビな。殺すには惜しいぐらい可愛かったから、言葉を奪って、四六時中発情したままになる淫紋を刻みこんで、リリの愛玩奴隷として飼ってやってるデビ」

「……うわぁ、なんか物騒なこと言い出した」

「まあ、魔界も一枚岩ではないデビ。リリにも色々あるんデビよ」

そう言いながら、リリは彼女から口枷《ボールギャグ》を外す。口枷《ボールギャグ》が外れてもフェリが言葉を発することはなく、ただ「はあ……はあ……」と発情したような吐息を漏らすだけ。

（ん？　あれ？）

なんだろう？　どう考えても初対面なのだけれど、このフェリという女の子に妙な既視感を覚える。

「フフミはこの娘を使って練習するデビ。ただし挿入はダメ。キスと愛撫だけでイかせるデビ。心配しなくても、やり方はリリが細かく指導してあげるデビ」

「あ、ああ、わかったよ」

かくして、僕は特訓を開始した。

リリの指導のもと、六時間がかりでその悪魔の女の子をキスと指先だけでイカせ、そこからひたすら乙女小説を朗読させられた。

そして僕は、俺さまトークとフェザータッチの愛撫、ハイレベルな舌技を習得したのである。

×××

「木島くん……ボタン外れた、よ？」

黒沢さんが、どこか熱っぽい目で僕を見上げていた。

いけない。特訓のことを思い出しているうちに、意識が他のところへ飛んでしまっていた。

僕はシャツを脱ぎ捨てると、『騎士団長の悩ましい指先』の主人公のように、髪をかき上げながら不敵な笑みを浮かべる。

「……天国をみせてやるよ」

「やっ……だ、だめっ……んっ……ちゅっ……」

そして、『王子様に骨の髄まで愛されて幸せ一杯です』第二章冒頭のセリフを引用しながら、再び黒沢さんの唇をふさいだ。

✖黒沢美鈴の絶頂

部屋の隅に置かれた小さなランプが、唇を重ね合わせる二人の影を壁面へと映し出し、熱い吐息と、互いを貪りあう淫靡な水音が、薄暗い部屋に響き渡る。

「んっ、んっ……ちゅっ……んっ、んんっ、はあっ……ちゅる……ちゅぱ」

口内を啜《すす》り合うディープキス。唇から溢れ出した唾液が、頬を伝ってシーツに染みを描いていく。

夢中になって舌を絡め、唇を吸いながら、彼とアタシは互いの身体を弄りあった。

しがみつくように彼の首に手を回し、髪から背中へとそれを撫で下ろしていく。

指先にふれる肩甲骨の固い感触。湾曲する背骨の形。男らしいごつごつとした筋肉の手触り。

アタシの指先が背中に触れている間も、彼の指先は愛おしげに、アタシの肌の上を這いまわっている。

『フミフミさまは、美鈴お嬢さまを愛しておられます』

フリージアさんの、そんな言葉が脳裏をよぎった。

(木島くんって……アタシのことが本当に好きなの……かな？)

わからない。でも、そんな気になってしまうほどに、彼の指先は優しかった。

まるで大事なものを扱うような、壊れ物を愛でるようなそんな指の動き。愛されている。そんな気になってしまうような柔らかな感触。

「あぁ、はぁん……あっ……」

彼の指先が紡ぎだす心地よさに抗えなくて、思わず吐息が零れ落ちた。

すると彼は、わずかに唇を離して、耳元にこう囁きかけてくる。

「もっと……舌を絡ませてごらん」

「はぁ……はぁ……ひょ、ひょんな……ひゃんじ？」

自分からも舌を絡ませていくうちに、次第に不思議な感覚が湧き上がってくる。拒否感はすっかり消え去って、いつの間にか彼を受け入れることに抵抗がなくなっていた。

アタシたちは、どれだけ長く互いを求めあっていたのだろう。

ちゅっ……ちゅぽん……。

彼が静かに唇を離すと、彼の舌の感触を追って、アタシの舌が口の外へと伸びる。

（ぁん……さびしいよぉ。もっと、もっとぉ……）

彼は苦笑すると、「んっ……」と舌を伸ばして、アタシの舌がそれに応じた。

レロレロと口の外で、互いを求めあう赤い舌先。

（ああ……。アタシ、すごくエッチなことしてる……）

そう思った途端、喉の奥から熱い吐息が溢れ出した。

（ダメ……流されちゃダメ。これはフリ、好きになったフリなんだからぁ……）

そう思えば思うほどに、身体がどうしようもなく熱を持つ。苦しいような、もどかしいようなそんな感覚。

底の無い欲望が、アタシの中から溢れ出てくる。

頭の中で、ダメ、ダメと喚き続けている自分がいる。ただ、その声が次第に弱々しくなっていくのもわかる。

「綺麗だ」

突然、誰に聞かせるでもなく、彼がうっとりとそう呟いた。そして、そのままアタシの首筋へと顔を埋めてくる。

甘噛みしたかと思うと、優しいキス。彼が首筋に舌を這わせると、ぞくりとした感触に手足が跳ねる。

彼が首筋に「ちゅぅ」っと吸い付いて、アタシは思わず声を漏らした。

「あん……ダ、ダメだってば……、痕ついちゃうからぁ……」

「つけてるんだよ。僕の女《モノ》だって印を」

「いやぁ……んっ、あ、あっ……）

彼が再び首筋に舌を這わせるのと同時に、脇腹をなぞって這い上がってきた指先が、アタシの胸に触れた。

その瞬間——電流を流されたかのような衝撃が、アタシの背筋を駆け抜ける。

目の前に星が散ったような気がした。ビクビクビクッ！　と、激しく身体が跳ねた。

（えっ⁉　な、なんで⁉　なんで、こんなに敏感になってるの⁉）

混乱した。乳首でもなく、その周りをひと撫でされただけ。それだけだというのに、刺すような快感が背筋を駆け上がっていったのだ。

自分の反応に自分で驚いて顔を上げると、彼が愛しむような目でアタシを見ていた。

「見ないでよぉ……は、恥ずかしいからぁ……!」

「美鈴は可愛いね」

「いや……んっ」

頬が上気してたぶん真っ赤。目尻まで赤く染まっているのがわかる。思わず頬に手を当てると、彼の指先が再び動き出した。

マイクロビキニのわずかな布地の周り、乳首の周囲をくすぐるように、ゆっくりと指先が這い回る。

既に恥ずかしいぐらいに、乳首は勃ってしまっている。期待してしまっている。

だが、彼の指先は次第に遠のき始め、アタシはおもわず切ない吐息を漏らした。

「あぁ……ね、ねぇ……おねがい、い、いじわるしないでぇ……」

「何が?」

「……あうぅ」

(わかってるくせに……。いじわるだよぉ……)

「触ってよぉ……気持ち良くしてほしい……の」

「ちゃんと言ってくれなきゃ、わかんないな」

いじわるだ。彼はとても楽しそうに、相変わらず乳首だけを避けて、胸を愛撫し続けている。

「うぅ……もう……いじわるしないでよぉ……」

「美鈴が、そうやって可愛く甘えてくれるなら、いじわるだってするさ」

「あうぅぅ……ひどいぃ。もう、わかったわよぉ、乳首、乳首が切ないの！　触って！　触ってってばぁ！」

すると、彼はいたずらっぽく微笑んで、こう言った。

「かしこまりました。僕のお姫さま」

とんでもなく恥ずかしいセリフなのに、するりと耳に心地良い。なぜか、アタシは舞い上がるような気持ちになってしまった。

一呼吸の間をおいて、彼の指先がマイクロビキニのわずかな布地、その下へと入り込んでくる。

鼓動がドキドキと騒がしい。胸の奥で心臓が暴れている。期待しきった乳首は、すでに痛いほど硬くなっている。その突起を彼は、指先で摘まんで擦り上げた。

「ひゃん……っ!?」

焦らしに焦らされた乳首から電流が走って、背中が海老反る。ジンジンと熱をもって、乳首が布地を突き上げている。彼の指先がその表面を往復するだけで、鋭角的な快感がアタシをメッタ刺しにした。

「あひっ……あ、あぁん、な、なんでぇ!?　なんで、こんなにぃぃ……こんなのしらないぃぃい、あんっ、こんなの、は、はじめてぇぇ……！」

もう、何がなんだか、わからなくなっていた。狂っちゃう、バカになっちゃう。そう思った。

激しく声を上げて身悶えるアタシ。でも、彼は容赦してくれない。たっぷりと掌全体で乳房を揉みこみながら、親指と人差し指で挟み込むように、アタシの乳首を摘まみ上げる。

「んんっ……あ、あんっ、ひぐっ……んんっ……んんんっ……」

枕の端っこを噛んで、アタシは必死に快感に耐える。

彼の指先が乳首から離れて、ホッと息を吐いたその瞬間、今度はざらりとした感触が、アタシに襲いかかって来た。

「ひっ……!?」

驚いて目を見開くと、マイクロビキニがずれて露出した乳首に、舌を這わせる彼の姿があった。

舌の腹で擦り上げられると、神経を直に触られているような鋭い快感が襲いかかってくる。

「あ、あっ、いっ、ああっ、はぁ……あ、あひっ……んっ……」

舌の動きは徐々に速くなって、舌先でチロチロと尖端を転がされると、アタシはなすすべもなく、絶頂の階《きざはし》を一段飛ばしで駆け上がりはじめた。

「あっ、あっ、あ、あ、あ、あぁ……！」

もう限界。

（イくっ！　イっちゃう！）

胸のうちで、そう声を上げた途端、唐突に、乳首から彼の感触が消えた。

「え……？」

アタシは、びっくりして思わず瞼を開く。すると、彼がじっと、アタシを眺めていた。

「……なんでぇ……なんでやめちゃうのぉ」

「まだまだ、夜は長いからね」

「そ、そんなぁ……」

乳首が不満げに、ぷるぷると震えている。寸止め。乳首を硬くしこらせたまま置き去りにされてしまった。

残酷だ。ひどい。アタシがかわいそうだ。いっそのこと自分で触ってしまおうかと、そんないやらしい思いが脳裏をよぎった。

「むうぅっ……」

「美鈴は怒った顔も可愛いね」

アタシが頬を膨らませても、彼はそう言って、いたずらっぽく笑う。

（もうっ！　ほんとに我慢できないんだって、お願いだからぁ！）

だんだん、憎らしく思えてくる。

昇り詰めきらないまま下降線を辿る快感、それでも欲求は身体の奥で渦巻いたままだ。

「むぅううう……」

ブスッとむくれるアタシをよそに、彼は胸の間に舌を這わせると、そのままつーっと、おへそのほうまでおりていく。彼の唾液がアタシの身体の中心に、濡れた線を描き出した。

「く、くすぐったいってば……」

アタシが身を捩っても、やめてくれない。彼はおへそに舌を這わせながら、アタシのショーツ……ショーツと言っていいのかどうかもわからない、ヒモみたいな下着に手をかけると、それをするりと抜き取った。

「あっ……やだっ……」

「ダメだよ」

慌てて閉じようとした脚を、彼がぎゅっと押さえつける。優しいかと思えば強引。思わず暴れるアタシに構うこともなく、彼はアタシのアソコに鼻先を近づけた。

「すごく濡れてる……大洪水だ」

「いやぁ……見ちゃいやぁ……」

でも、彼はやっぱりやめてくれない。それどころか、クンクンと匂いを嗅ぐように鼻を鳴らした。

「いやらしい匂いだ……発情した雌の匂い。こんなに感じてくれて嬉しいよ」

「感じて……ないもん！　へんたいっ！　ばかっ！」

感じていないはずがない。それがどれだけ虚しい嘘かぐらいは、アタシにだってわかる。

でも、臭いを嗅ぐなんて酷い。いやらしすぎる。もう恥ずかしくて、恥ずかしくて、逃げ出してしまいたいぐらいだ。

でも、よく見てみれば彼の顔も真っ赤。こころなしか息遣いも荒くなっているように見えた。

(興奮してる。アタシの匂いで興奮しちゃったってこと!?)

そんなことを考えていると突然、彼がアタシの両足を掴んだ。

「ごめん、ちょっと我慢できそうにないや」

そう囁くと、彼はアタシの足首を掴んで持ち上げ、そのまま前へと倒す。そして、腰が浮かびあがって、膝小僧が乳首に触れそうになるほど深く倒されてしまった。

「え！　ちょ！　な、何!?」

前転の途中みたいな体勢。蛙をひっくり返したような、恥ずかしい格好。そんな格好で押さえつけられたまま、彼はアタシの両足を左右に開く。

目を丸くして見上げれば、天井を向いて開き切ったアタシのアソコが彼の目の前。あまりの恥ずかしさに、ボンと音を立てそうなほどに、頬が熱を持った。

「いやぁああああっ、ばかぁ！　見ないで、見ないでぇ！」

「見たいんだ。美鈴のここ。すごく綺麗だ。ピンク色で、濡れて、光ってる」

「いやぁ……言わないでよぉ……」

彼の唇がアタシのアソコに触れたその瞬間、ビクンと身体が震える。溢れ出した雫がお腹の上を滴り落ちて、おへその中に溜まった。

「今日は……美鈴の全部を味わいたいんだ」

そう言って彼は、膣口をその形にそって舌で撫で上げ、舌先で内側を弄りはじめる。

「あ……やっ、やん……」

意図せず切ない声が洩れて、アタシはぎゅっと眉根を寄せた。

暴れることもできずに、目を閉じてされるがまま。

(ああ、エッチ……。すごくエッチだよぉ。いやらしいよぉ……)

「うぅ……ん、あ、あっ……」

彼は唇を窄《すぼ》めて、アタシの茂みを軽く啄《ついば》むと、クリ◯リスに、フッと息を吹きかける。

「ああっ!?」

ビクビクビクッと弱電流のような快感が、背筋を駆け上がってくる。だが、それで終わり。

彼はアタシの股間から唇を離してしまう。

(まただ……また、アタシを焦らすつもりだ)

「うぅ、いじわる……ぅ」

恨めしげに見上げると、彼はにこりと微笑む。

「じゃあ、ご要望にお応えしますよ、お姫さま」

次の瞬間——

ぞわり。

前触れもなく舌の腹でクリ◯リスを舐め上げられて、アタシは「ひっ!」と悲鳴じみた声を上げた。必死に足を閉じようとする。だが、そんなことで、彼はやめてはくれなかった。

彼の頭を挟み込む形となった両脚を力任せに押し広げると、とろっと溢れた蜜を啜るように、彼は肉の割れ目に舌先を差し入れた。

「あ、あんっ、あ……ついよぉ、あん、ひっ……」

（熱い！　焼けちゃう。焼けちゃうよぉ）

灼熱とも思えるような舌先が、大陰唇、小陰唇、膣口の周りを這いまわって、次々と火を放っていく。

「あっ……いやん、そ、そんなとこ舐めひゃ……やぁん……　あ、熱いよぉ……」

秘裂を舐め上げた舌先は、そのままクリ○リスへと移動して、そのいやらしい肉の芽を前後左右にピンピンと弾いた。

「ひあっ!?　ひっ……い、いい、それ、きもひ……いいっ！」

（もう、わけわかんないよぉ……）

圧倒的な快感がアタシを呑み込んでいく。体の中がドロドロに溶けてしまったような感じ。

口の端から滴り落ちる涎すら止められない。

「いい顔だ。すごくいやらしい」

「にゃぁあ、い、いわないでぇ……らめぇ、みちゃらめぇ……」

たぶん、今、アタシの顔は蕩け切っていて、相当だらしない顔になっているに違いない。

彼は唇を尖らせて、再びクリ○リスを挟むと、そのままちゅうちゅうと音を立てて吸い上げる。

ちゅっ、ちゅっ、ちゅうぅぅぅう、ぷちゅ、くちゅっ……。

「ひぃいいいいいいん!?　あ、あひっ、ひっ、ひゅご、ひゅごぃよぉぉお……」

途端にアタシの身体が、自分の意に反して、ガクガクと震えだした。

「ひぁっ、ひっ……あぁあぁあっ！　ら、らめぇ、お、おかしくなっひゃう！」

目の前がチカチカする。アタシは必死に彼の目を見つめて訴える。切羽詰まった声。何を口にしているのかさえ、自分でももうわからなくなっていた。

「あ、い、イっひゃう、イっひゃう！」

アタシは両手で、顔を覆いながら身悶える。声を上げて身体を突っ張らせる。

だが、その瞬間——彼はまた、アタシのアソコから口を離した。

「またぁ!?　いやぁぁぁ！　ひろい！　ひろいよぉ！　きじまひゅん、ひろいぃぃい！　きらいぃい！」

(もう無理、無理！　ばか！　ばか！　ばかっ！)

駄々っ子のように首を振って、アタシはベッドを叩いた。

「イきたい？」

「はぁ、はぁ……イきたぃよぉ……くるしぃよぉ……」

すると彼は、ゆっくりとアタシの身体をベッドに横たえた。そして、背中を向けさせると、ぴったりと背後から覆い被さってくる。

「じゃあ……いっしょにイこうか」

耳元でそう囁きかけられて、ゾクゾクっと身体が震えた。

ちゅぷっと水音がして、股間に何か熱いものが押し当てられる。

ハッとして見回すと、いつのまに脱ぎ捨てたのか、彼のズボンがベッド脇の床の上に脱ぎ捨てられていた。

(あぁっ、おち○ちんが……)

背中に、彼の胸の鼓動を感じる。ドキドキしてる。

(木島くんも我慢してたんだ……ね)

そう思うと胸の奥から、じわっと愛おしい気持ちが湧き上がってきた。

ずるっ……ずりっ……ずるり。

彼は、本当にゆっくりとアタシの中へと入ってきた。

「んんぅ……んくっ……はぁ、はぁ、おおきっ、い、はぁ……んっ！」

アタシのアソコはすごく敏感になっている。彼のモノが少し奥へと動くたびに、ものすごい快感がお腹の中でうねった。

「ほら、挿入っていくよ。僕が美鈴の中に……」

「お、奥までひてぇ……おおきぃよぉ……エッチだよぉ……」

そして、最後に——

ずぷんっ！　と奥まで突き上げられると、圧し潰された子宮が悦びに震えた。

「ああっ！　あぁあああっ！」

身体の中心を串刺しにされたような鋭い快感。喉を反らせて、アタシは身悶える。

彼の大きなおち○ちんが、根元までアタシの中に埋没している。二人の股間がぴったりと密着している。

圧倒的な一体感。身体の中で彼のおち○ちんが、自分とは違うリズムで脈打っているのを感じた。

「くっ……美鈴の、すごい締め付けだよ。もうすっかり僕の形になってる。美鈴のここは、僕専用だね」

「いやん、はゅかしぃよぉ……いわないれぇ」

(そ、そうなんだ……? アタシの……木島くん専用になっちゃってるんだ……)

だが、いちばん奥に到達して子宮を圧し潰したまま、いつまでたっても彼は動いてくれない。ジンジンとお腹の奥が震えている。

(動いて……動いてよぉ……)

あまりのもどかしさにアタシが腰を動かそうとすると、彼はアタシの顎をつかんで振り向かせ、強引に唇を奪った。

「んっ……んんっ……」

前戯で二回もイきかけて、イかせてもらえなかった。その残り火が、胎内で渦を巻いている。身体の内側で、おち○ちんが脈打つ感触が生々しい。じりじりと遠火で炙られているかのように、身体の中が欲望で焦げ付いている。

「もぅ……らめぇ、ムリらよぉ、イカせてよぉお、つらいよぉ……」

「じゃあ、愛してるって言って」

「へ……？」

「美鈴が僕のことを愛してるっていう度に、一突きしてあげる」

「ばか……りゃないの、んっ……」

彼は、じりじりと微妙に腰を動かして膣内を擦りながら、背中に、胸に、内腿にと、焦らすように指を這わせる。

「言いたくないなら、かまわないよ。このまま朝まで続けるだけだから」

「しょんなぁ……ひどいおぉ……」

身体の芯から溶けていきそうな甘い疼き。でも最後まではイけない。イかせてもらえない。切ない。苦しい。

(もう……無理、そうだよ、アタシは木島くんのことを好きにならないといけないんだもん……言っちゃってもいいよね……でも……)

アタシが躊躇《ためら》っていると、彼が耳元で甘く囁いた。

「我慢しなくていいんだよ。そうだね、僕が言わないのは不公平だね。……僕は、美鈴を愛してる」

「……あい……し……てる」

その瞬間、ずるっと膣内で彼のモノが動いた。

「ひぁんっ!?」

（な、な、な、何、これ？）

身体が敏感になりすぎている。焦らされ過ぎたせいで、いままで経験したことのない、とんでもない快感が身体の中を駆け抜けた。

「……き、きじまくんを……あいしてる」

ずりゅっ！

「ひぃぃ!?」

もう我慢できなかった。アタシの中に渦巻いていた欲望が決壊してしまった。

もっと、もっとこの快感がほしぃ！　そう思った途端、無意識にアタシは声を上げていた。

「あいしてりゅ！　あいしてりゅ！　きじまくんをあいしてりゅのぉおおお！　らいしゅき！らぃいしゅきだからぁ！　もっと、もっとぉ、アタシを気持ちよくしてぇえぇぇぇぇ！」

その瞬間、彼がにやっと笑ったような気がした。

途端に火を噴くように彼が腰を叩きつけ始める。もう目も開けていられない。ただただ胎内を荒れ狂うような快感に翻弄されて、アタシは汗ばんだ裸身を揺らし続ける。

「あ、あ、あっ、あひっ、ひっ、ああっ！」

「ほら、もっとだ。美鈴は誰のものだ？　言ってごらん」

「アタシはぁ……きじまひゅんのぉ、ものれしゅ、はぁ……きじまひゅんのぉ、おんな、んっ……れしゅぅ。あいひてりゅのぉ、あいひてほしぃのぉおおお……」

（ああ……言っちゃった……木島くんのモノだって認めちゃったよぉ……）

そう思った途端、ゾクゾクゾクッと、別の快感が背中を駆け上がってくる。

「ひぃん、や、やぁん、あたひ、きじまひゅんのものになっちゃった、なっちゃったよぉ……」

アタシのその嬌声に興奮するように、彼はさらに腰の動きを速める。もう子宮は完全に圧し潰されている。

ひと突きごとに、頭の中を掻きまわされているような、そんな気がした。

パンパンパン！ と、肉のぶつかる音に合わせて、アタシの背中がビクンビクンと震える。

何かが、ものすごい何かがお腹の中から迫り上がってくる。

「っ!? あぁっ……。こ、こんらの初めてぇ。す……すごいのがくりゅ。きちゃうよぉ……。きじまひゅん！ つかまえてて、おねがいぃ、アラシをはなさないでぇええ！」

喉から切羽詰まった叫び声が溢れ出す。

「大丈夫……離さないよ。一緒にイこう」

彼が耳元でそう囁いた途端、何かが身体の奥で爆発した。

身体に力がこもる。痛いぐらいに強張る。ぎゅぎゅっとアタシのアソコが、おち○ちんを締め上げて、「うっ！」と彼が苦しげに呻いた。

どくっ！ どくっどく！ びゅっ！ びゅるるるるっ！

途端に、彼のおち○ちんは灼熱した精液を大量に噴き出した。

胎内に熱いマグマが流れ込んでくる。視界が真っ白に染まっていく。身体の奥が燃え上がる。

アタシは為す術もなく快感の大きな波に飲み込まれた。

（あ、熱いぃいぃ!?　子宮が燃えちゃうぅう）

「あぁっ、あああああああああっ!?　あぁぁあああぁぁあああぁぁあああぁぁあ！」

もうわけがわからない。言葉になんてならない。頭を振り乱しながら、アタシは喉が嗄《か》れるほどの叫び声を上げる。

やがて、ビクンビクンと、身体を痙攣させながら、アタシたちは力尽きるようにベッドに沈み込んだ。

「はぁ、はぁ、はぁ、はぁ……」

二人の荒い吐息がユニゾンで響き渡って、彼は背後からアタシの頬に静かに口づける。そして、力尽きるみたいにアタシにのしかかりながら、耳元へと囁きかけてきた。

「これで……美鈴は僕のものだね」

「えへぇ、あらひはぁ……きじまひゅんのおんなぁ……れしゅ」

絶頂に達した直後の淡い意識のままに、アタシはぼんやりとそう答えた。

第三章　藤原舞はグイグイくる。

浮気じゃないから

僕は、腕枕で静かに寝息を立てている黒沢さんの顔を覗き込んだ。

殺されることはないと安心したのか、彼女は今、微笑むような安らかな顔で眠っている。

一回の長い長いセックスの後、僕らは恋人のように互いを抱きしめ合った。

乱れた呼吸のままに華奢《きやしや》な身体を抱きしめると、彼女は蕩《とろ》けたような表情で、愛おしげに僕の胸にキスを繰り返した。

好き、好き、だーい好き♡

小鳥が啄むようなキスの間に間に、そんな甘い声が聞こえてくるような気がした。

愛おしさが溢れてきて腕に力がこもると、彼女が「痛いよぉ、木島くん……」と声を漏らし、僕は我慢できなくなって彼女に口づける。

彼女が眠りに落ちてしまうまで、僕は彼女をずっと抱きしめ続けた。

なんというか……幸せな気がした。誰かに好かれる。誰かに愛されるというのは、こんなに満たされることなのかと驚きすらした。この綺麗な女の子を僕のモノにできたのだと思うと、胸の奥に表現し難いほどの優越感が広がっていく、そんな気がしたのだ。

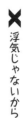

だが――

「うぅん。いったい何が悪かったんデビなぁ」

宙空に姿を現したリリの第一声はそれ。彼女は、怪訝そうに首を捻っていた。

「どうしたのさ？」

「普通なら黒沢ちゃん、完全に堕ちててもおかしくないぐらいなんデビ……」

リリが何を言ってるのか、よくわからなかった。

「堕ちてるじゃん」

「レベルアップの音が聞こえたデビか？」

僕は、思わず息を呑む。

そう言えば、そうだ。ということは……彼女の状態は『屈従』のまま？

「好きになったフリをしてるだけってこと……？」

高揚していた気持ちがスッと冷めていく。指先が冷たくなっていくような、そんな気がした。

だが、リリは首を振る。

「そうじゃないデビ。確実にフミフミを好きになってはいるデビ。好きになったフリをしているだけ、黒沢ちゃん自身はそう思い込んでいるかもしれないデビが……」

「じゃあ、なんで？」

「考えられるのは、フミフミのことは好きだけど、彼氏とはまだ比べ物にはならない……って状態デビな。でも、アレだけ身体を堕としても、まだそこで留まれるなんて、ちょっと考えにくいデビ」

そんな話をしていると、目を覚ました黒沢さんが眠たげに瞼を擦った。

「うぅ……ん、木島くん。何……どうしたの？」

慌ててリリが彼女の額に指で触れる。すると彼女は瞼を擦る格好のまま、ピタリと動きを止めた。

「ふぅ……危なかったデビ。こんな話を聞かれたら、暗示がとけちゃうデビ」

それはそうだろう。自分の恋愛感情が誘導されたものだと知られれば、逆向きに急反発、嫌悪に変わるに違いない。

「とりあえず、魂をピン止めしたデビ。明日……もう今日デビな。黒沢ちゃんはご褒美タイムデビ。黒沢ちゃんの面倒を見るリリの従者に、それとなく原因を探らせてみるデビよ」

「う、うん。頼むよ」

高揚した気分に冷や水を浴びせられたような気がした。だが、僕の胸に口づけていた彼女の態度が嘘だとは思えない。

まだ、何かが足りていないのかもしれない。

「じゃあ、フミフミも自分の部屋に戻って眠るデビ。しばらくほとんど寝てないデビ？　いくら栄養ドリンクがあると言っても無茶のし過ぎは良くないデビ」

「うん……そうだね」

瞼を擦るポーズのまま停止している黒沢さんをちらりと盗み見て、僕はベッドから降りる。

そして、床の上に脱ぎ散らかしたままの服を集めて部屋を出た。

×××

「うぅ……ん。あれ？　木島くん？」

アタシはぼんやりした意識のままに、隣で寝ているはずの彼を探して、手をバタバタさせる。

だが、手は虚しく宙を掻いただけ。昨日眠りにつく時には、そこにあったはずの温もりが感じられない。さびしい。

重い瞼を擦りながら身を起こし、アタシは周囲をぐるりと見回して、安堵のため息を吐いた。

ああ、あの部屋だ。ホテルのスウィートルームみたいなあの部屋だ。

あらためて、自分が寝ている場所を触ってみれば、昨日寝入ったあの硬いベッドとは、全然感触が違う。

ふかふかのふわふわ。肌に触れるシーツも真新しい新品の匂いがした。

自分の身体へと視線を落とせば、行為の後の疲れのまま、裸で寝てしまったはずなのに、水色のネグリジェを身に着けている。前のモノに比べると少し丈が短くて、肩のシルエットはストレート。袖口も七分だ。

「お目覚めでございますか？　美鈴お嬢さま」

声のした方に目を向けると、そこにはお馴染みの銀髪メイドが立っていた。

「……フリージアさん」

「はい」

「一つ聞きたいことがあるんだけど……」

「なんでございましょう？」

「あのマイクロビキニは、どーいうことよ！」

自分が着ているものを確認していなかったアタシも悪いとは思うけれど、あれは流石に酷いと思う。どう見ても痴女だ。

「フミフミさまもお喜びだったと思いますが？」

「そういう問題じゃないわよ！」

「それでは、色気もへったくれもない、ベージュのおばさんガードルなんかがよろしゅうございましたでしょうか？」

「極端すぎるでしょ!?」

「そうは仰いましても、フミフミさまを誘惑されようというのであれば、あの時にはマイクロビキニが最善でございました」

「世の中に、マイクロビキニが最善になる状況があるとは思えないんだけど……」

「あれはフミフミさまのパソコンからネットの閲覧履歴を抜き出し、詳細に分析した結果、これが最善であろうとチョイスしたものでございます」

「プライバシーって言葉知ってる？」

「食べたことはございません」

アタシは思わず頭を抱える。これは怒るほうが間違ってる。相手が悪いわ。ごめん、ごめん。もう無理。

「えっと……じゃあ、木島くんって、ああいうのが好みってこと？」

「正確に申し上げますと、その可能性が高いものの一つでございます。フミフミさまの性的嗜好は、コスプレよりも、裸よりも、セクシーランジェリーでございました。ならばセクシーランジェリーの中でも布地の面積的に、両極を試してみるべきかなと」

「一番布地が少ないヤツを試してみたと……じゃあ、布地の一番多いのって何よ？」

「はい。もう一方は、フリル一杯のゴスロリ系、乳首と股間の部分だけがぱっくりと穴の開いたモノでございます」

「ガチの痴女じゃん!?」

「そもそも、セクシーランジェリーは、痴女か欲求不満の有閑マダムのものと相場が決まっております」

頭痛がした。

「とにかく、次は普通でいいから」

すると、フリージアさんはあからさまに肩を落とした。

「左様でございますか……残念です。フミフミさまは、どちらかというと軽いS傾向がおありのようでしたので、次はゴスロリ系でメイド服に寄せていく方向がよいかと考えておりましたが」

（軽いS傾向ってのはわかる……けど）

昨晩のことを思い出すと、頬が熱を持つのがわかる。

（……すごかった、な）

途中何度も寸止めされて、そのせいで最後には頭がおかしくなりそうなほどの快感に呑み込まれてしまったのだ。

「あのさ……フリージアさん。やっぱり木島くん、アタシのこと好きなのかも」

「最初からそう申しております。愛していると仰っておられたでしょ？」

「うん……それもあるんだけど……さ。その、あんなに何度も愛してるとか、木島くんのモノだとか、言わせようとするんだもん」

思わず赤面するアタシに、フリージアさんは微笑ましげな目を向けてくる。

「フミフミさまは、愛されることに飢えておられるのですよ。美鈴お嬢さまが、それにお応えになれば、それこそ宝石のように大切になさることでしょう。美鈴お嬢さまを解放されるのも、それほど遠いことではないかと……」

「そうなの……かな」

「はい、間違いございません」

「……うぅ、木島くんのことは、その、嫌いじゃない……んだけどさ。それはそれでやっぱり困っちゃうよ。アタシには、純くんっていう彼氏がいるんだもん」

するると、フリージアさんは怪訝そうに首を傾げた。

「純くんさまも、セックスがお上手で？」

「ちょ!?　なんで、そればっかりなのよ、アンタは！」

「美鈴お嬢さま。人間はなんのために生まれてくるか考えたことがございますか？」

「急に話が大きくなった!?」

「言うまでもございません。子を生《な》し、次の世代に命を繋ぐためでございます。ゆえに生殖行為へと自然に誘導するために、セックスは気持ちが良いのでございます」

そこで、フリージアさんは呼吸を整えるとこう言い放った。

「すなわち、人間にとってセックス以外はただのおまけ。セックスを語ることは、すなわち人間を語ることでございます」

「だから、極端すぎるってば!?」

「それで……どうなのですか？　純くんさまのセックスは、フミフミさまを上回っておられるというのですか？」

「なんでそんなに鼻息荒いのよ……そんなのわかんないわよ」

「わからない？」

「だって……まだ一回しかシたことないんだもん。お互い初めてだったし……挿《い》れたら、その……すぐ終わっちゃったし……」

「は？」

「で、でも！　純くんがエッチするのに慣れたら、きっと木島くんとおんなじくらい素敵なエッチできるもん、絶対！」

するとフリージアさんは、やけに冷たい目をしてこう言った。

「……面倒臭い」

「はぁ……!?」

「いえ、なんでもございません。……お嬢さま。お思いになるのは構いませんが、それは絶対に口に出してはいけませんよ。フミフミさまがそれを聞かれたら、確実に失望されることでしょう。即座に消滅させられても文句は言えません」

「うぅ……わかってるわよ、そんなこと。木島くんのことだって……その、もう嫌いじゃないもん、でも……」

「フミフミさまは、確かにお嬢さまを愛しておられます。ですが、お嬢さまのお立場は、たった一言の失言でひっくり返ってしまうような危ういものです。愛している、フミフミさまの女だと、そう仰ったのでしょう？　ならば、少なくとも解放されるまでは、恋人としてフミフミさまを最も愛していると、そうお考えになるべきかと」

「わかってるってば！」

アタシは手足をジタバタさせる。もうこの話題はヤダ。ツラい、しんどい。アタシにだってわかんない！

「それより朝ご飯！　アタシ、ホットケーキがいい。バターとメイプルシロップいーっぱいつけたやつ、あとミルクティ！」

そう捲し立てると、フリージアさんは大きなため息を吐いた。

「そう仰ると思いまして、既に用意してございます」

テーブルの上に目を向けると、ホットケーキが皿の上に何十枚と積み上がっている。

昔読んだ絵本、虎がぐるぐる回ってバターになる話の、最後のページみたいな絵面がそこにあった。

「それでは、最初は何十枚にいたしましょう？」

「桁がおかしい!?」

「たくさん食べて、栄養をつけなければ、フミフミさまのお相手など務まりませんから」

「うぅ……でもそうかも」

アタシはベッドを降りて、テーブルのほうへと足を向ける。

それでもやっぱり、気持ちはぐちゃぐちゃだ。

木島くんのことは好き……だと思うけど、それはここを出るまでにしなきゃいけない。

アタシはそっと、ネックレスを指でなぞる。

(純くん、浮気じゃないから。これは純くんのところに帰るためだから)

✖胸部装甲の厚い地雷ギャル

朝のホームルーム前のひと時。

例によって例のごとく、僕は自分の席で寝たフリをしていた。

今日は水曜日。粕谷くんたちに取り囲まれたのが先週の水曜日だから、あれから丁度、一週間が過ぎたことになる。

すでに黒沢さんの失踪は、テレビや新聞にも取り上げられている。とはいえ、どれも扱いは大して大きくない。学校では有名人。雑誌の読者モデルだと言っても、所詮そんなものだ。

ごくごく一般的な女子高生の失踪事件として扱われ、彼女が読者モデルであることを書いたのは、僕の知る限り男性向けの大衆ゴシップ誌が一冊だけ。それも、若者の性の乱れと絡めて、『どうせ、どっかで男とよろしくやってんだろ』的な、そんなありふれた結論に落ち着いていた。

今、教室のそこかしこから洩れ聞こえてくる会話の内容は、黒沢さんのことばかりである。

素知らぬ顔で聞いていると、これが意外と面白い。

『友達の友達が言ってたらしいんだけど』から始まる真実の欠片もない妄想。

ライバルのモデル事務所が、新しく売り出す娘の邪魔になるから拉致ったとか、枕営業の時に、どこかのお偉いさんが気に入って買い取ったとか、そんな荒唐無稽な話が実《まこと》しやかに語られていく。

彼女たちの妄想に従うと、モデル事務所はもはやマフィア同然、ヤバすぎる人身売買組織であった。

意外だったのは、粕谷くんが割とガチで憔悴していること。

今日も、粕谷くんの机の周りにトップカーストの連中が屯《たむろ》しているのだけれど、疲れ切った顔で愛想笑いを浮かべる粕谷くんの姿と、そんな彼に気をつかって、さぐりさぐりの会話をする陽キャ連中の姿というのは、なんともいた堪れないものがある。

もちろん、かわいそうだとは思わないけれど。

「ちょりーっす」

僕がそんな風景を眺めていると、藤原さんがいつも通り気だるげに教室に入って来た。

昨日となんら変わりはない。相変わらずのギャルギャルしいだらしなさである。

これでこの辺りでは指折りのお嬢さまだというのだから、お嬢さま界隈の面汚しとしか言いようがない。

しらんけど。

彼女は、いつものように缶バッチでデコりまくったかばんを机の上に投げ出すと、粕谷くんの机の周囲に屯《たむろ》するトップカーストの連中のほうへ……。

え？　行けよ!?　こ、こっち来んな！　来んなってば！

……こっちに来やがった。

「おっはよー！　ふーみん」

寝たフリをしてやり過ごそうとすると、つんつんつんつん僕の頬を指先でつつく。

「おっきろー、おっきろー、あーしのおっでましだー♪」

「だ――っ！　なんだよもう！」

ガバッと身を起こすと、目の前には彼女の胸の谷間。

(谷間？)

すげえな、最近の『寄せて上げて』ってのは、あんな壊滅的な貧乳でも谷間つくれんのかよ。まさか胸の谷間に、日本の工業技術の優秀さを思い知らされるとは思わなかった。

「あはは、起きた。起きたぁ♪　おっはよーさん♪」

「こっちくんな」

「うわ、ひっど。んなこと言われたってさ……ほら、アレ」

彼女が顎で指し示した先に目を向けると、粕谷くんの机の周りで屯《たむろ》している上位カーストの連中の姿がある。

その中に、上目遣いでしきりに粕谷くんの話に頷いている照屋さんの姿があった。

「流石に、あそこに混じんのは無理っしょ？」

「あー……」

今まで照屋さんがあのグループの中にいた記憶はないけれど、いたとしてもさほど違和感があるわけじゃない。たぶん、今までは黒沢さんを避けていただけなのだろう。そりゃそうだ。

絶対勝てないと思っている女の子と、自分が好きな男の子がいちゃいちゃする場面なんて見たいわけがない。

「だからって、こっちくんなってば」

「えーそんなこと言ったってさー、あと仲良いのって、ふーみんぐらいしかいないしー」

「別に仲良くないだろ」

「あー！　そんなこと言っちゃう感じ？　いーじゃん、ふーみん話しやすいしさ、一緒にいて楽しいしさ。いっそのこと、つきあっちゃう？」

「アホか」

「いーじゃん！　真咲っちにはフラれたんでしょ？」

「フラれてない」

「おーこの期に及んで、そのセリフ。流石、あーしのかれぴっぴ、メンタルつよい」

「誰が、かれぴっぴだ！　誰が！　ちっ……しゃーねぇなぁ、じゃあ教えてやる。あの後、真咲ちゃんと話をしたんだよ。図書委員の時に」

「え……？」

藤原さんは、なぜかやけに狼狽えるような素振りを見せた。

「真咲ちゃん、だれとも付き合う気はないってさ」

「なんだー……びっくりさせんなし」

だが、僕は人差し指を立てて「ちっちっちっ」と振る。

「それウザい」

「うっせ、大人しく聞けってば。で、真咲ちゃんが仲の良い友達でいたいっていうから、思い切って聞いてみたんだよ。恋人になれる可能性はあんのかなって……そしたら、なんて言ったと思う」

「わかんない」

「可能性がないわけじゃないって」

藤原さんは、ものすごく微妙な顔をした。

「やっぱ、フラれてんじゃん」

「どこがだよ！　ないわけじゃないってことは、可能性はあるってことだろうが！　仲の良い友達でいたいって言ってんだぞ！　そんなん、彼氏候補の筆頭やろがい」

「……ねぇ、なんでストーカー誕生の瞬間を見せられてんの、あーし？」

「ストーカーちゃうわ！」

「辛いことから目を背けちゃダメ、現実見ようよ。あーもー目に浮かぶよーだわ。可能性うんぬんって話になった時の真咲っちの引き攣った顔が」

「引き攣ってねーわ！　って、あれ？　……引き攣ってなかったよね？」

「あーしに聞かれても……。いいじゃん。やっぱいじめられっ子は、いじめられっ子同士っしょ。こー見えて、あーし尽くすタイプだし。ヘイ！　ユーつきあっちゃいなよ！　あーしとラブラブしようぜっ！」

「アホか」

「じゃ、ラ、ラブラブしてそうろう？　ラブラブしつかまつる？」

「賢そうに言い直せって言ってんじゃねー！　っていうか、古典っぽく言い直しても、ちっとも賢くねーわ！」

「えーいいじゃん！　あーしがふーみんとつきあったら、その……照屋ちゃんだって、粕谷っちに手ぇだしてるとか思わないっしょ」

（あーなるほど、そういうことね……）

そんなアピールにつきあわされたら、たまったもんじゃない。

はっきり断ってやろうと、僕が大きく息を吸いこんだところで、粕谷くんの席のほうからロン毛の立岡くんの声が聞こえてきた。

「おーい、舞ちん。んなとこで、何やってんの？」

どうやら藤原さんに気付いたらしい。彼は僕のほうへちらりと目を向けると、楽しげに口を開く。

「あはは、舞ちんやめときなって、これ以上木島ちゃん揶揄《からか》ったら、飛び降りちゃうかもよー。俺、香典のためにバイトとかしたくねーし」

途端に周囲の連中がどっと沸く。

（……好きなように言ってろ）

だが、藤原さんはなぜかムッとしたような顔をすると、突然僕の手を取った。

「ちょ、な、何？」

慌てる僕に目配せすると、彼女は――

「違うってば、ふーみんとあーし、こういう仲だし！」

そう言って、僕の手を自分の胸へと押し付ける。

ギャルの胸をわしづかみにする男子生徒の絵面である。

はい、アウト！　完全にアウト！　これはシャレにならない。

僕は慌てて手を引っ込めると、大きく首を振った。

「ち、違うから！」

「違うくないじゃーん！　照れなくていいんだってば、あーしら裸を見せあった仲じゃん」

「裸だったのは、おまえだけだろうが！」

その瞬間、教室の中の空気が凍り付いた。

「あ……」

僕が自分の失言に気づいた時には、既にアフター・ザ・カーニバル。祭り囃子で、ぴーひゃららである。

この時の空気が想像できるだろうか。

驚愕と嫉妬に満ち溢れた男子の視線。興味津々といった女子の視線。僕にしてみれば、致死量とも思えるような数の視線が集まってくる。

理不尽としか言いようがない。生乳《なまちち》ならまだしも、てんこ盛りの胸パッドの手触りと引き換えに、男どものやっかみを引き受けるなんてのは、まったく割に合わない。

誰もが口を開くのを躊躇するような壮絶な空気の中で、藤原さんは周囲を見回すと、ニカッと白い歯を見せて笑った。

「というわけでー。ふーみんは、あーしのかれぴっぴだから、手ェ出さないでよね！　だれにもあげないよー！　えへへっ……」

藤原さんは、そのまま僕の頭を抱きかかえるようにしがみついてきた。

「ちょ、おま、えぇっ⁉　な、な、あ……」

「えへへ！　公認カップルたんじょー」

「うぇえっ⁉　ちょ、ちょっと待て」

狼狽える僕に構うことなく、藤原さんは僕の顔を胸、いや胸パッドに押さえつけてくる。

途端に女子たちの黄色い「きゃー」。男子の怒号にも似たざわめきが響き渡った。

(これかぁ……)

『やらかしおったｗｗｗ』、そう言って、にんまりと笑うリリの顔が脳裏をよぎる。

どうやら僕は、とんでもなくでっかい地雷を踏み抜いたらしい。

必死に藤原さんの胸から顔を背けると、教室の入口辺りに、今来たばかりという雰囲気の真咲ちゃんが、きょとんとした顔で首を傾げているのが見えた。

✖
✖
✖

同じ頃――

「なるほどねー、セックスの拙さを経験する前に終わっちゃったせいで、フミフミ並みのセックスができるかもっていう期待だけが残っちゃってるってことね」

「はい、あと……処女を捧げた彼氏というのも大きいかと」

アタシはフリージアの報告を受けながら、苦笑する。

その粕谷とかいう彼氏も、まさか初めてのセックスで挿入即射精という大失敗をやらかしたおかげで、彼女がギリギリ踏みとどまっているとは想像もすまい。

「このまま洗脳を深めていけば、近いうちに『従属』に達するとは思いますが、堕としきることは難しいかと。ものは試しでございます。例えば、トーチャーに処女膜を再生させて、フミフミさまに捧げさせるというのはいかがでしょう？」

アタシは、顎に指を当てながら考えてみる。

「うーん、あんまり意味ないかもね……」

ちなみにトーチャーというのはフリージア同様、アタシの従者で、どんなケガも立ちどころに治す『癒やしの力』を宿した堕天使だ。

「で、黒沢ちゃんはどうしてんの？」

「はい、オナっておられます」

「はい？」

「ワタクシの姿が見えなくなった途端、盛りはじめられました。おそらく昨日のプレイを反芻されておられるのではないかと……」

「ほんと……身体は堕ちきってんだよねぇー」

「はい、それはもう、がっつりと」

✖藤原さんはプロ

藤原さんの暴走による、なんともいた堪れない空気。その余韻を引きずりながらも時は過ぎ、授業は進んでいく。

休み時間の度にくっついてくる藤原さんに辟易しながら迎えた三時限目。日本史の南戸先生は、出席簿を教卓の上に置くと、「あー木島、いまから校長室へ行ってくれ」と、そう告げた。

教室に流れるのは『あーまたか』という空気。黒沢さんの失踪について、刑事さんが事情聴取に来ているのだ。

初日には、トップカーストの連中。以後は、多少なりとも黒沢さんと関わりのある者から順番に。そして今日、僕に声がかかったのは、たぶん失踪前日のことを誰かが話したからだと思う。

授業中の静かな廊下を一階の職員室の隣、校長室のほうへと歩いていく。通りすがりの教室からは、『堂々と寝るな、高砂《たかさご》！　起きんか！』と、生徒を叱る教師の声。音楽室からは、ピアノの音が響いてくる。

別に緊張する必要もないし、怯える必要もない。何をどう逆立ちしたって、バレるはずがないのだ。

「……失礼します」

校長室に足を踏み入れると、奥のデスクの向こう側に校長先生。その正面の応接セットにスーツを着込んだ男女の姿がある。

男の人のほうは四〇代ぐらいだろうか？　四角く男臭い顔立ちの大柄な人物。柔道選手だと言われれば、納得してしまいそうな角刈りの男性である。

女の人のほうは、二〇代半ばぐらい。クセの強いうねった髪が特徴的なショートカット。顔立ちは整っているが、照屋さんに負けず劣らず、気の強そうな雰囲気だ。一言でいうとおっかない。

やっぱり、こういう感じじゃないと、刑事なんて職業は務まらないのかもしれない。

「学習のお邪魔をして、申し訳ありません」

男性刑事の、そんな一言から事情聴取が始まった。

主に男性刑事が話を聞き、女性刑事がメモを取りながら、じっと僕の様子を観察している。

案の定、僕が呼ばれたのは、黒沢さんの失踪前日に僕が彼らにいじめられていたと、誰かが口にしたかららしい。

「いじめは辛いですよねぇ。大丈夫、キミを疑ったりしてるわけじゃありません。楽にしてくれて結構です。ただ、手がかりになりそうなことを探しているだけですから、何か知っていることがあれば教えてください」

「……大袈裟な雰囲気ですけど、ただの家出じゃないんですか？　黒沢さん、遊んでそうだし」

するとと、男性刑事は苦笑いを浮かべる。

「失踪した日の朝、黒沢さんはね、学校には来てたんです。だからこの件に関しては家出じゃなくて、失踪事件、もしくは誘拐事件と考えるしかなくてね」

僕は驚いたフリをする。大袈裟にならないように、慎重に。

そして――

「お役に立つかどうかはわかりません。クラスの女子が話してたのが聞こえてきただけなんですけど……」

そんな前置きをして、僕は照屋さんの名前を挙げた。さらに、照屋さんのお姉さんの名前を挙げると、女性刑事のほうが「照屋杏奈……」と、わずかに反応した。

事情聴取の最後に男性刑事は、僕の肩を叩いて、励ますように語りかけてくる。

「私も昔はいじめられっ子だったんです。それがイヤでね。必死に身体を鍛えたんですよ。自分たちは民事に介入するわけにはいきませんが、先生方にもいじめについての指導をお願いしましたので、もう大丈夫ですよ」

たぶん、この人はめっちゃ善い人だ。それだけにこの先、散々無駄足を踏ませることになるかと思うと、申し訳ないような、そんな気がした。

事情聴取は、時間にして二〇分ぐらい。

校長室を後にした僕は、教室に帰るのも面倒臭い気がして、屋上へと足を向ける。

保健室で寝てようかとも思ったのだけど、今日は天気も良いし、屋上なら昼寝するのにもってこいのベンチもある。鍵がかかってても問題ない。『通過《スルー》』を使えばいいだけだ。

だが、幸いにも屋上へと続く扉、その鍵は開いていた。

ベンチに横たわると、陽射しがとても気持ちいい。初夏の陽気のせいか、僕の意識は、すぐに遠のいていった。

×××

ずいぶん、良く寝たような気がする。なんだかんだと言いながら疲れていたのかもしれない。

気が付けば、後頭部に柔らかな感触。膝枕？　うっすら目を開けると、そこには僕の顔を覗き込んでいる女の子の顔があった。

「……藤原さん、何やってんの？」

「何って……。ちっとも帰ってこないなーって心配してたら、こんなとこで爆睡してんだもん。そりゃ襲うでしょうよ？」

「あ、襲われてんだ、これ？　っていうか授業抜け出すとか……不良だなぁ」

「それ、ふーみんが言っちゃう？　残念でした、もうお昼休みでーす。折角、お昼一緒に食べよーって思ってたのに」

「そんな約束してませんけど？」

「うっさい。ふーみんには、かれぴっぴの自覚が足りない」

「自覚も何も」

「むぅぅー……」

藤原さんは不満げに頬を膨らませる。だが、すぐに悪戯を思いついた子供みたいに、にんまりと口元を歪めた。

「いいもん。じゃあ、身体に思い知らせるし。あーしがウリやってたって知ってるっしょ？　どうよ、脂ぎったおっさんに仕込まれたエロテク、体験してみたくね？」

「……黒歴史、セールスポイントにするヤツ初めて見たわ」

「いまさら落ち込んだって、しゃーないしねー」

「……陽キャのそういうとこ、キライだわ」

身体で思い知らせるなんて言われたら、一週間前の僕なら慌てふためいていたと思うけれど、いまさらだ。

「まあ、いいじゃん。いっぺん味わっちゃったら、もうあーしから離れらんないよ。童貞には刺激が強いかもしんないけどさ」

「童貞ちゃうわ」

「はいはい、見栄張んなくても大丈夫だよ。あーしもこっちに来てから一回もヤってないし。二年以上間空いたら、実質処女っしょ」

そう言って、彼女はズボンの上から、僕の股間を揉みしだき始める。

「そんなエロい手つきの処女がいるかよ」

「あはは、ほらちょっと触っただけで硬くなっちゃった。この調子じゃ、イかせるのも簡単そうだよねー」

そう言いながら、彼女は片手で器用にベルトを外し、ファスナーを下ろして、僕のモノを引っ張り出す。

恐ろしく手際が良い。手慣れ過ぎである。

だが彼女は、僕のモノを見た途端、目を丸くした。

「……ふーみん、これ、ちょっと凶悪すぎん？」

誰かと比べたことなんてあるわけない。

確かに、黒沢さんがやけに大きい大きいと言っていたけれど、それは粕谷くんのが小さすぎるだけなのだと思っていた。だが、藤原さんの反応をみる限り、どうもそうではないらしい
「あーし、今までおち○ぽちゃん、二〇本ぐらい見たけど、こんなの見たことないよ。太いし、長いし、血管バッキバキだし……」

そう言って、彼女は僕のモノを手で握ると、遠慮なくしごきはじめた。

なめらかで、すべすべした手の感触が心地いい。自分でするのとはまた違う感触だ。

「ふーみん、平気そうな顔してるけど、すっごく興奮してるっしょ？　脈うってる、ドクドクって。それにすっごく硬いの」

「……全然、まだまだだね」

僕が肩を竦めると、藤原さんはムッとしたような顔をする。

「ふーみん、じゃあ、ベンチに座ってよ」

彼女はそう言って、僕をベンチに座らせると、足の間に跪いて、ズボンを膝下までずり下ろした。

「先っぽからカウパーちゃん、出ちゃってんじゃん。もー、もったいないなー。れるっ、んちゅ……」

「ふぉ……!?」

なんの躊躇もなく舐め上げられて、僕は思わず声を漏らす。

「れるるっ、あはは！　おち○ぽちゃん、ビクビクってした……んちゅ、ちゅっ、ちゅっ……んちゅうっ。こんなんじゃ、すぐイっちゃいそうだねー」

「そうかー？　大口叩いてた割には、普通だと思うけど？」

だが、この一言が藤原さんに火を点けてしまった。

「あ、そんな強がり言っちゃうわけ？　れるっ、れるっ……んちゅ……じゃ、あーしのエロテクで骨抜きにしちゃうんだから」

彼女は、やおらに僕のモノの先端を掴んで持ち上げると、股間に顔をうずめて、垂れ下がった陰嚢《いんのう》へと舌を伸ばす。

「んぁあっ、ほぉ、ん……んぽっ、んれろぉ……」

まるごと口に含んで転がしたり、ぺろぺろと陰嚢の皺を舐め伸ばしたり。刺激は決して強くはないけれど、感じたことのない感触。そこだけ温泉に浸しているみたいな、なんとも言えない心地良さである。

そして、つーっと舌先で舐めながら、竿のほうへと移動したかと思うと、今度は肉幹を横ぐわえにして、ハーモニカでも吹くかのように吸い込みながら、ぶっ！　ぶっ！　と音を立てた。

これも、それほど刺激が強いわけじゃないけれど、すごく心地が良い。

もどかしい刺激のせいで自分でも、股間が痛いぐらいに張り詰めていくのがわかる。

（……焦らしてやがる）

一番敏感な亀頭には、しばらくほとんど触れていない。

彼女はまた僕のモノを摘まむと、今度は裏筋をぬるりと舌で舐め上げた。途端に、ぞわぞわとした快感が背筋を駆け上がってきて、僕は思わず「うっ」と声を漏らす。

「あはは、どうよ、そろそろあーしのお口に突っ込みたくなってきたっしょ？」

自慢げではあるが、瞳の中には欲望が渦巻いている。藤原さんは、発情し切ったムチャクチャいやらしい顔をしていた。

「じゃ、今度は、その辺の女の子じゃ、絶対真似できないテクを見せたげるよ」

そう言って、彼女は僕のモノを口に含むと、じゅるじゅると音を立てて吸い込みながら、それを呑み込み始めた。

「んちゅう、んちゅむぅ、くふぅ、どう、きもひほい？　ろんろんろみほんじゃうょ……んぷぅ……」

そして、あっというまに唇が根元に到達。僕のモノを完全に呑み込んでしまった。

正直、これにはびっくりした。僕のモノの長さを思えば、喉の奥の奥、胸元の辺りまで届いているはずなのだが、彼女は全く苦しそうに見えない。

それどころか、僕の陰毛に鼻先を突っ込んだまま、にっこり笑ってＷピースする余裕まである。

「うっ、うぅう……」

そして、ズルリと抜き出される時には、腰砕けになりそうなほどの鋭い刺激が僕のモノへと襲いかかってきた。恐ろしいほどのディープスロート、驚異のストロークである。

「あはっ、なんとか全部入ったねー。ふーみんのおち○ぽちゃん、めちゃ、でっかいからさー、ちょっち苦しかったけどー」

彼女は、一旦口を離すとケラケラと笑って、唾液でぬらぬらと光る僕のモノを、今度は舌の腹で根元から丹念に舐め上げ始める。

「んぁあっ、れろれろっ……」

続いて、亀頭に唇をかぶせると、激しく顔を前後させ始めた。

「んぼっ、んじゅっ、じゅぷっ、じゅぼっ、じゅぼっ」

激しい吸引で頬がぽっこりと凹み、肉幹を喰い絞めたムチャクチャエッチなフェラ顔。

「ぢゅ、ぢゅぷっ、ぢゅぷッ、ぢゅぷう、ぐぽっ、ぐぽっ、ぐぽっ」

貪るような口唇抽送《こうしんちゅうそう》。この激しさは、どうやらそろそろとどめを刺すつもりらしい。口元から卑猥な汁音を漏らしながら、肉棒にかぶりつくその姿は飢えた野獣のようですらある。

「ちょ、くっ!?　おい、おい、待てっ、ちょっと待って」

「んちゅむ……いやらよ！」

限界が近くなって僕が慌てると、彼女はがっちりと腰に手を回し、再び喉の奥の奥まで、肉棒を呑み込み始める。

「ぢゅぢゅっ、んちゅ、ぢゅるるる、ちゅぱっ、ちゅううう!?」

強烈な吸い込み、そのあまりの刺激に、僕は思わず身をかがめる。

「ぐっ！」

こんなの耐えられるわけがない。下腹部が激しく震えたかと思うと一気にダムが決壊した。

その瞬間、藤原さんは、さっと僕のモノから口を離す。そして、大きく口を開けると、顔の下に掌で受け皿をつくって、降り注ぐ精液を顔全体で受け止め始めた。

びゅっ！　びゅるっ！　びゅるるるるっ！

目を瞑って大きく口を開く彼女の顔を、大量の精液が汚していく。頬を、唇を、いやらしく滴った精液は、彼女が掌でつくる受け皿の上に落ちて、白い精液だまりを作っていった。

びゅっ……！

そして、最後の一滴が彼女の頬を打つと、彼女はいやらしく微笑み、僕を上目遣いに見上げながら、掌の上に溜まった精液を一気に飲み干し始めた。

「んく、んく、んくっ……」

懸命に喉をふるわせてドロドロの精液を嚥下し、最後に彼女は、顔中を精液まみれにしながら、ニカッと白い歯を見せて笑う。

呆然とする僕。藤原さんが笑うのと前後して、昼休みの終わりを告げる予鈴のチャイムが鳴り響いた。

「あーもう、ふーみんのせいで、ベッタベタだよぉ」

「いや、僕は別に……顔射したいとか言ってないんだけど……」

「でも、こーふんしたっしょ？」

「……した」

「んふぅ……素直なふーみんは可愛い。じゃ、おち○ぽちゃん、お掃除しちゃうから」

そう言うと、彼女は再び、パクリと僕のモノを咥える。

「ちゅっ、ちゅっ、ちゅっ……ちゅうぅぅっ……」

愛おしげに僕のモノを口に含むと、彼女は尿道に残った精子を残らず吸い上げ始めた。

「くっ、ううっ……っ!?」

イったばかりで敏感になっているせいで、やたら鋭角的な刺激が襲いかかってきて、僕はたまらず身悶える。

「はい、ごちそうさまっと。じゃ、おち〇ぽちゃんしまっちゃって。あーしは一番近くのトイレで、顔洗ってくるからさ、ふーみんは先に教室に戻っててよ」

「あ……うん」

僕は後ろ髪を引かれながら、屋上を後にする。振り向くと、藤原さんが手を振っていた。

教室に戻ると、クラスメイトの視線が一斉に僕を刺し貫く。

彼らの昼休みの話題が、昨日までの黒沢さんから、僕と藤原さんの関係へと移り変わっていたことは想像に難くない。正直、勘弁してほしい。

考えてみれば、お昼ご飯を食べていなかった。先生が来るまでに、少しでも食べようかとも思ったのだけれど、僕には、このやたら無遠慮な視線に晒されながら、弁当を広げる勇気はない。

五限目が始まってしばらく経った頃、後方の扉が開いて女子生徒が一人、教室へと入ってくる。

藤原さん……なのだけれど、おそらく教室内のみんなの頭の中には、同じ疑問が浮かんでいたと思う。

（……誰⁉）

いや、わかっている。わかっているのだ。

あの金髪サイドテールに褐色の肌、胸元のはだけたブラウスに、やたらと短いスカート。

誰がどう見ても、藤原さん以外には有り得ないのだけれど、顔の部分だけが別人。垂れ目がちで、おっとりした雰囲気の美少女である。

「おーっそくなりましたー！　ごめんね、せんせー、あーし生理メガトンで、しんどくってさー」

そんな女の子が、いつもの藤原さんらしい頭の悪い発言とともに教室へと入ってきたのだ。

そりゃービビる。混乱するに決まっている。単純にメイクが落ちただけなのだけれども、普段どんだけ塗ったくってたんだと呆れるほどに別人である。

そのうえ、ただでさえ生理云々言われてしまうと、男性としては黙らざるを得ないのだ。

先生は、「お、おぅ」と戸惑うような返事をした後、特に彼女を咎めるようなことはなかった。

×××

「猪本《いのもと》先輩……どう思いますか？」

駐車場へと向かう道すがら、私は一緒にこの事件を担当している先輩刑事に問いかけた。

「ん？　何がだ？」

「あの木島文雄という生徒です」

猪本先輩は顎に手を当てると、眉根を少し下げる。

「あー、確かにあの子はいじめられると思うな。そういう雰囲気を持ってる。仕返しできるような根性もなければ、実力もない。世の中すねながら生きていくタイプだ。かわいそうだがな」

「……そうでしょうか？」

「どうした、何か気になることでもあるのか？」

「いえ、一見おどおどしているのに、妙に自信のあるような雰囲気が表情に出ることがあって……あと、気づきました？」

「なんだ？」

「黒沢美鈴さんについて尋ねた時、他の子と違ってあの子だけ現在形で答えてたんですよ。『遊んでそうだし』と。同じようなことを言う子は他にもいましたけど、他はみんな『遊んでたみたいだし』です。もしかしたら黒沢美鈴さんの現在を知っているんじゃないかと……」

「それは、流石にこじつけが過ぎると思うぞ。それぐらいは普通に言うだろ」

先輩は、苦笑するような素振りを見せた。

「ですが、他に手がかりもありませんし、しばらく張り込んでみようかと」

「ああ、かまわんが、その……式も近いんだ。無理はするなよ。あんまり無茶をさせると仲村《なかむら》のヤツに怒られるからな」

私——寺島涼子《てらしまりょうこ》はあとひと月半ほどで、仲村涼子になる。

婚約者は、猪本先輩と同期の仲村武彦《たけひこ》さん。

本庁勤めのキャリア組である。

結婚退職する気はさらさらないけれど、どうせなら独身最後のヤマとしてこの失踪事件を、すっきりと終わらせてしまいたい。

×××

僕は、藤原さんから逃げるように、授業が終わってすぐに教室を飛び出した。

小走りで急いだにもかかわらず、実に残念なことにあっさりと彼女に追いつかれてしまった。

自分の体力のなさが憎い。

「ふーみん、ひどぉい！　彼女置いて先に帰っちゃうとか、マジアリエンティー！」

「彼女じゃないから！」

「あはは、またまたぁー」

「冗談っぽく流すのはやめろ」

「ほんと、ふーみんってば、おーじょーぎわが悪いなぁ。天狗の納め時だよ」

「年貢だ、年貢！」

「帰る方向だって一緒なんだからさぁ、遊んで帰ろーよぉ」

「ヤダ、おまえにどっぷりヌかれて疲れた」

「それは大変、どこかでご休憩しよう」

「『ご』付けるとニュアンス変わっちゃうからね？　それもっと疲れるヤツだから！」

「じゃさ、じゃさ、ウチで休憩してかない？　お義父さんに紹介したげるよ」

「冗談じゃねー!?」

「えー、いいじゃん。挨拶だけしてくれたら後は、あーしがぜーんぶやっとくから」

「後？」

「うん、式場の予約から学生結婚の申請、新居の手配から子どもの名前候補二〇人分。パパの遺産相続の手配に、位牌に書く戒名まで！」

「なんだ、そのおそろしいピタ〇ラスイッチ!?　挨拶しただけで、人生終わるところまで手配されちゃうの!?」

「いたれりつくせりっしょ。とゆーわけで、ユー！　結婚しちゃいなよ！　今夜が初夜になってもあーしはＯＫ！　出産は若いほうが楽だっていうしさ。あーし、子供超好きだし。できるだけ早く産みたいし。たくさんほしいし」

「やべぇ……とんでもないのに目を付けられた」

彼女じゃないとかどうとか、そんな話は瞬時にして一万光年ほど遠くへ置き去りになってしまった。

結婚は人生の墓場だというけれど、墓場がオリンピックの短距離選手並みの全力疾走で迫ってくる。

確かに藤原さんは、ケバいメイクを落としてみれば、予想外の美少女だ。

日焼けするのをやめさせて、白のワンピースなんかを着させれば、それこそ黒沢さんに迫る美少女っぷりである。喋らなければ。

お嬢さまで、美少女で、尽くすタイプ。

普通に考えれば、なかなか無い優良物件なのだが……。

(復讐する相手のはずなんだよなぁ……)

ただ、復讐しようという気も、ほとんど失せてしまっているのも確かだ。だけど……。

僕の考えていることに想像がついたのか、藤原さんが耳元にこう囁きかけてくる。

「真咲っちに変な期待寄せるよりも、ふーみん大好きな女の子がいるんだよ？　ここにさぁ」

「う、うぅ……」

情けないとは思うけれど、そう言われてしまうと心が揺らぐ。結婚云々を脇に置いてしまえば、確かに藤原さんは可愛いのだ。

それに実のところ、僕だって真咲ちゃんとつきあえる可能性は、さほど高いとは思っていない。

(でも、ゼロじゃないんだよな……)

僕は思わず項垂れる。すると——

「あれ？　真咲っちじゃん」

唐突に、藤原さんがそう言って首を傾げた。

彼女が指さす方角に目を向けると、真咲ちゃんが住宅街の小さな児童公園、そのベンチに座っているのが見えた。

「あんなところで何やってんだろ？　真咲っち」

たしかにこの公園は、真咲ちゃんの家に帰るルートからは外れている。彼女の家は電車で二駅向こう、こっちは駅とは真逆の方角だ。

なんで真咲ちゃんの家を知ってるかって？　もちろん、後を尾《つ》けたことがあるからに決まっている。

思わず植え込みに隠れる僕に、呆れながらも、一緒になって隠れる藤原さん。

「なんで隠れんのよぉ……もーいーじゃん、行こうよぉ」

「うん、行けば？　さようなら、藤原さん」

「ぶぅうう……」

盛大に頬を膨らませる藤原さんを無視して、僕はじっと真咲ちゃんの様子を窺う。

一言でいうと可愛い。それはともかく、彼女はやけに時計を気にしている。誰かと待ち合わせでもしているのだろうか？

しばらく様子を見ていると、一人の男子生徒が公園へと足を踏み入れるのが見えた。

軽く手を上げながら、真咲ちゃんの傍へと歩み寄るその男子生徒の姿に、僕は思わず呻く。

「……なんで」

それは、黒沢さんの彼氏、粕谷くんだった。

彼が公園に入ってきたことに気付くと、真咲ちゃんは、鞄をベンチに置いたまま立ち上がって、彼のほうへと歩み寄る。

どこか緊張したような面持ち。何やらモジモジした様子で粕谷くんへと話しかけている。

「何言ってるか聞こえない。もうちょっと近づいてみる」

「ちょ、ちょっと!?　ふーみん！」

僕は制止しようとする藤原さんの手を振り切って、植え込みから植え込みへと移動する。

わずか三メートルほどにまで近寄った時、突然、真咲ちゃんが粕谷くんの胸に縋《すが》りついた。

「……ズルいのはわかってるの。美鈴ちゃんが好きなままでもいいから。おねがい純一くん。私とつきあって。彼女にしてほしいの」

一瞬、目の前が真っ暗になったような、そんな気がした。

――ダレトモツキアウキハナイカラ。

窓枠の影が床に格子柄を描く、夕陽の差し込む図書室。静かに目を伏せる真咲ちゃんの姿が、脳裏でフラッシュバックする。

――ダレトモツキアウキハナイカラ。

ああ、そうか。バカなのは僕だけだ。復讐するはずの相手を信じてしまった僕が、ただバカだっただけだ。

僕が呆然としているうちに、公園から二人の姿は消えていた。

僕は膝についた土を払って、立ち上がる。

「ふーみん、その……」

背後で、藤原さんの心配そうな声が聞こえた。

(大丈夫、大丈夫……何も問題はない)

だが、僕が振り向いた途端、藤原さんは、「ひっ!?」と喉の奥に声を詰める。

(あはは、人の顔を見て驚くなんてひどいな、藤原さん)

「じゃ、僕、帰るから」

「あ、う、うん……」

藤原さんは呆然と立ち尽くしたまま。僕を追いかけてくることはなかった。

そして……。

その日の深夜、僕は羽田真咲を監禁した。

第四章　寺島涼子は淫《みだ》らに堕《お》ちる。

監禁二人目

深夜、私は木島文雄の自宅、その玄関が見える場所に車を停め、張り込みを行っていた。

夕食代わりに、あんぱんと牛乳。張り込みの時にはいつもコレ。刑事ドラマに憧れてこの仕事を志した者ならば、これ以外の選択肢は存在しない。

実際の刑事は別に太陽に吠えないし、十字架は私だけのものじゃないし、はぐれたり、純情だったりというわけでもなくて、書類仕事ばかりなわけだけれど、そこはまあ……気持ちの問題である。

それはともかく、黒沢美鈴さんがまだ生存しているものとして、木島が彼女をどこかに監禁しているのだとすれば、両親のいるこの自宅は有り得ない。

動き出すとすれば、両親が寝静まった後だろう。

協力者がいる……とも考え難い。

彼について担任に聴取した結果、親しい友人は皆無だという。

だが、おかしなことに藤原舞という女子生徒と、まさに今日、突然交際し始めたというではないか。

藤原舞には、一度事情聴取を行っている。印象としては今時の若者だなあという程度。失踪した黒沢美鈴さんと仲が良かったと聞いている。

例えば、藤原舞が黒沢美鈴さんに恨みをもっていたと仮定して、木島に彼女の誘拐を依頼した。その報酬として、自身との交際というエサをぶら下げたのだと考えれば、一応話としては成立する。非現実的だとは思うが。

ともかく、もし協力者がいるとすれば彼女だが、そうでなければ誰かを監禁して、彼が三日と接触しないということは考え難い。人間が生きていくためには、食事が必要なのだ。

ゆえに今日から三日間の張り込みで木島に動きがなければ、私は素直に思い違いだと認めるつもりだった。

木島が怪しいというのは、ほとんど勘のレベルであるし、張り込みは私の我儘でしかないのだが、明日は猪本先輩が担当してくださるという。ありがたい。本当に尊敬できる先輩だと思う。

「ふわぁぁぁっ……」

ハンドルにもたれかかって、私が大欠伸を掻いたのとほぼ同時に、突然、木島に動きがあった。

時計に目を落とせば、時刻は深夜一時を少し回った頃。

玄関口から出てきた彼は、黒のパーカーにジーンズといった出で立ちで、用心深く左右を見回すと、ガレージから自転車を引っ張り出し、それに跨がった。

小腹が空いたので、コンビニに……というわけではないだろう。

最寄りのコンビニは、徒歩でも二分とかからない。

住宅街を出て、線路沿いに国道を真っ直ぐ、北へ、北へ。追跡を始めてから三〇分あまり、彼はずっと走り続けていた。

見た目通りに体力はないらしく、速度を上げては落としてを繰り返している。

視認距離ギリギリで後を追いながら、カーナビで彼の向かっている方向を確認する。

国道をこのまま真っ直ぐに行けば、その先には黒沢美鈴さんの自宅を含む住宅街がある。他に木島に関係することと言えば、羽田さんという女子生徒も同じ住宅街だったはずだが、確か彼女に恋文を書いたことが、木島がいじめられる原因だったと記憶している。

だが、流石に羽田さんの家に押し入るというのは想像し難い。黒沢さんの家を訪れるというのであれば、脅迫状をポストに投函するという線が濃厚だろう。

「クロとみて間違いなさそうね。報告だけでも入れておきましょうか……」

私は、上着の内ポケットに手を差し入れる。だが、そこにあるはずのスマホが見当たらない。

「あれ？」

助手席の上にでも放り出してしまったかと、そちらに目を向けようとした途端――

「こちらをお探しでしょうか？」

「ひぃ!?」

唐突に、後部座席から女の声が聞こえてきて、私は思わず身を跳ねさせた。

背筋に氷を放り込まれたかのような感覚。車体がよれ、私は必死にハンドルにしがみついて、それを立て直した。

慌ててルームミラーに目を向けると、後部座席に女のシルエットが見える。通り過ぎる街灯の灯りが、その顔をちらりと照らし出した。

銀色の髪をした外国人の女。彼女は私のスマホを手に、静かに微笑んでいた。

(な、何!?　どうなってるの!?)

有り得ない。走行中の車、その車中に突然現れることなど、誰にもできるわけがない。車が停車しているうちに侵入して、隠れていたとでもいうのだろうか。

深夜の田舎道、前後には他に車の影はない。

私は車を急停止させ、シートベルトを外して外へと転がり出た。

「なんです、あなたは!」

私はホルスターから拳銃を引き抜いて、両手で構えた。

発砲してしまえば、始末書の束が待っている。だが、そんなことを気にしている余裕はない。

後部座席のドアが開いて、女がしずしずと降りてきた。

整った顔立ちに銀色の髪、年齢は二〇代ぐらいだろうか。その身にまとっているのはメイド服、スカート丈の長い、映画にでも出てきそうな出で立ちである。

「氏名を述べて、両手を挙げなさい!　早くっ!」

すると、彼女は優しげな微笑みを浮かべた。

「そんなに怯えなくとも大丈夫でございます。ワタクシはさる高貴なお方に仕えるメイド。フリージアと申します」

「高貴なお方？　何をわけのわからないことを……。ごっこ遊びなら他でおやりなさい」

「あなたご自身、ごっこ遊びだなんて、これっぽっちも思っておられないようですけれど？」

事実だ。ごっこ遊びなどと断じるには、この状況は異常過ぎる。

「くっ！」

あらためて、そのメイドに照準を合わせようと片目を瞑った途端、私の視界から彼女の姿が掻き消えた。

「なっ!?」

思わず驚愕の声を漏らしたその直後に、耳元に女の囁きが聞こえてくる。

「可愛い方ですこと、こんなに怯えて」

「んんっ!?」

慌てて振り向こうとしたその瞬間、背後からいきなり、メイドが私の唇へと口づける。

途端に、私の意識は暗闇の中へと呑み込まれていった。

×××

「あはは！　フリージアが、羽虫を駆除したみたいデビ」

「羽虫？」

「女刑事デビ、尾行されてたみたいデビな」

自転車を走らせる僕と並んで飛びながら、リリが頷く。

恐らく、あのくせっ毛の強い女刑事さんだろう。

尾行されていたということは、僕に疑われる要素があったということ。

「それはマズいね……」

「どこが？　なんの心配もいらないデビ」

「その言葉、信用していいんだよね？」

「もちろんデビ。じゃあ、始めるデビよ」

「ああ」

僕は真咲ちゃんの家の裏手に自転車を止め、そっと庭へと侵入する。

特に金持ちでもない普通の一般家庭だ。防犯なんて、鍵と雨戸が閉まっているという程度でしかない。

以前、真咲ちゃんの後を尾《つ》けた時に、どこの部屋の電気が点くかを見て、彼女の部屋の位置は特定してある。二階の、玄関正面の部屋だ。

僕は『通過《スルー》』で家の中に侵入すると、そこを目指す。彼女の部屋の前に立ち、やけに可愛らしいカバーのかかったドアノブに指をかけようとして、そこで動きを止めた。

「慌てるな、僕。慎重にやらなきゃ……」

指紋の残るようなことはするべきじゃないし、扉の開く音も立てたくない。

僕は『通過《スルー》』を使って、室内へと足を踏み入れた。

六畳ほどのその部屋には、淡いオレンジの常夜灯が灯っている。真っ暗になるのは、怖いのかもしれない。

彼女の部屋は、とても女の子らしかった。

見回してみれば、ベッドの周りにはぬいぐるみが一杯。机の脇のコルクボードには、友人たちと撮った写真が、たくさんピン止めされていた。とりわけ、黒沢さんとのツーショット写真が多いように思える。

布団にはちゃんと一人分の盛り上がりがあった。寝ている人物の顔を覗き込んで、僕はリリに頷く。確かに真咲ちゃんだ。

「じゃあ、魂をピン止めするデビ」

リリが彼女の額に触れると、微かに聞こえていた寝息がピタリと止まった。

「これで、目を覚ますことはないデビ」

「うん、ありがとう」

肌かけを剥いでみると、真咲ちゃんは少し大きめのピンクのパジャマ姿。彼女は胎児のように丸まっていた。その顔を覗き込めば、目元に泣き腫らしたような跡がある。

粕谷くんに受け入れてもらえなかったのだろうか？　まあ、もはやどうでもいいことだ。

真咲ちゃん……いや、真咲には、愛する者に裏切られる気持ちを味わってもらうだけだ。

僕の腕力では、一人で彼女を持ち上げることなどできないので、リリに足を持ってもらって、例の部屋の中へと運び込み、慎重に侵入したルートを引き返す。

そして、僕は彼女の家から脱出すると、再び自転車に乗って家路を急いだ。

✖早めに堕《お》ちられるといいね。

「う、うぅ……」

どこからか、微かに話し声が聞こえてきて、私は目を覚ました。

（……裸？　手足を縛られているのか……）

霞がかった意識の中で、必死に何が起こっているのかを思い起こす。

記憶は、怪しげな外国人のメイドにキスされたところで途切れていた。

恐ろしく身体が重い。フルマラソンでも走ったのかと思うような疲労を感じる。

「フミフミ、今日はゆっくり休むほうがいいデビ。酷い顔してるデビ」

「そんなに酷い……かな」

聞こえてくる声は、少年と少女のもの。少年の声には聞き覚えがある。おそらく木島だろう。

「たぶん、今の精神状態じゃ、まともに演技することなんてできないデビ。羽田ちゃんの準備は整えておくデビよ。フミフミの調教プランはなかなか面白いデビ。やっと才能が開花してきた感じじデビな」

（羽田？　黒沢さんと同じ住宅街に住むクラスメイト……か？）

私が胸のうちでそう呟いた途端――

「オマエもそう思うデビな。刑事？」

突然、話の矛先が私に向いて、思わずビクッと身を跳ねさせる。

「盗み聞きはお行儀が悪いデビ。それにしても上位淫魔《エルダーサキュバス》のドレインを喰らって、こんなに早く目を覚ますなんて、正直、ビックリしたデビ」

「あなたたちは一体……」

顔を上げると、少女が私の目の前に座り込む。

アニメのキャラクターみたいなボンデージスーツに、こめかみから突き出た角。コスプレとしか思えない。

「悪魔デビ。ごくごく普通の、どこにでもいる悪魔デビよ」

彼女がそう言って笑うと、その背後で少年が口を開いた。

「こんばんは、刑事さん……えーっと寺島さんでしたっけ」

「木島文雄……今すぐこの縄を解きなさい」

「強気ですね。自分の立場わかってます？」

「もう一度言います。いますぐ私を解放しなさい。同僚たちは私があなたを監視していることを知っています。朝になって私が戻らなければ、即座に踏み込んでくることになっているのですよ」

一瞬、木島の目に動揺の色が浮かんだ。

だが、角の生えた女の子は、くすくすと笑う。

「フミフミ、この女の処理は、リリにまかせてもらっても良いデビ？」

「そりゃ、かまわないけど……」

「朝までに堕《お》としきればいいだけなら簡単デビ。正直面白くもなんともないから、気は進まないデビが」

「……何？　なんの話をしているんです！」

「トーチャー！　出てくるデビ！」

私を全く無視して、角の生えた女の子がそう声を上げると、暗闇から湧き出すように一人の人物が現れる。

ピタリと身体に張り付くような黒革のライダースーツ。背中には片方だけの黒い翼。頭には頭陀袋《ずだぶくろ》を被った……おそらく女性。

「彼女はトーチャー。堕天使デビ。どんな傷もたちどころに癒やす力を持つ、元大天使《アークエンジェル》デビ」

「悪魔の次は天使？　いいかげんにしなさい！」

「まあ、聞くデビよ、年増。生きてさえいれば、皮を剥ごうが、手足を斬り落とそうが、寸単位にスライスしようがトーチャーなら治せる。その意味はわかるデビか？」

「な……」

「あまりの辛さに舌を噛もうが無駄、狂おうが精神も無理やり治す。楽になる方法はたった一つ、永遠の服従のみデビ」

彼女がそう口にした途端、トーチャーと呼ばれた頭陀袋女の足下に音を立てて、無数の刃物、ペンチ、ドリル、ハンマーなどが転がり落ちた。

「オマエは何回バラバラにされれば堕ちるデビな？　まあ、数分でみっともなく慈悲を乞うことになるデビ。あとは痛みと交互に淫欲の味を覚えさせるだけデビ。朝には男のモノをぶち込んでもらうためならなんでもする、浅ましいマゾ奴隷の出来上がりデビ」

アタシは言葉を失って、ただ呆然と目を見開いたまま。何をどうすればいいのか、まったくわからなくなってしまっていた。

「どうする、フミフミ？　見物するなら、構わないデビよ？」

「……スプラッタは趣味じゃない」

木島が背を向けてそう口にした途端、部屋の中に突然、激しいエンジン音が響き渡った。

頭陀袋女が手にしているのはチェーンソー。それがドッドッドッ！　と、激しく音を立てた。

「ま、待って！　じょ、冗談でしょ!?」

身が強張る。顔が引き攣るのがわかる。だが、そんな私のほうを振り向いて、木島はこう言った。

「刑事さん、早めに堕ちられるといいね」

そう言って木島が扉の外へと出て行った途端、激しい金切り音を立てるチェーンソーを手に、頭陀袋女が迫ってくる。

「や、やめて、こ、こないで！」

私はただただ、身を震わせることしかできなかった。

✖クリーチャー

リリに全てを任せて、僕は監禁部屋を後にした。

そして翌朝。

ティロリロリーン！

扉の内側に足を踏み入れた途端、レベルアップの電子音が鳴り響いた。

続いて例の、男だか女だか良くわからない合成音声が響き渡る。

『寺島涼子の状態が『屈従』へと変化しました。それに伴い、以下の機能をご利用いただけます』

『・部屋作製レベル3――同時に八部屋までご利用いただけます』

『・家具設置レベル2――室内にそれなりの家具を設置できます』

『・特殊部屋設置（キッチン）――部屋にキッチンを設置できます』

『・接続《コネクト》――部屋同士を行き来できる扉を設置できます』

どうやら、調教は上手くいっているらしい。

それにしてもどうなんだろう？　新たに追加された機能の当たり外れが良くわからない。っていうか、それなりの家具ってなんだ？

僕が思わず首を傾げると、続いてもう一度レベルアップの電子音が鳴った。

『寺島涼子の状態が『従属』へと変化しました。それに伴い、以下の機能をご利用いただけます』

『・内装工事《インテリアコンストラクション》――室内の床・壁の材質・色彩を変更できます』

『・部屋拡張《エクステンション》レベル1――部屋の大きさを四倍まで拡張できます』

今度のはわかりやすい。

『内装工事《インテリアコンストラクション》』というのは、正直嬉しい。セックスの際、石造りの床は地味に膝が痛かったのだ。

だが、レベルアップはこれで終わり。次の電子音が鳴ることはなかった。

つまり、寺島さんの現在の状態は『従属』。『隷属』までは堕ちきっていないらしい。

「失敗したってことかな……？」

そう呟いた途端——

「うっ!?」

僕は、思わず口元を手で覆った。

僕の鼻腔を衝いたのは、あまりにも濃厚な血の臭い。鉄錆に酷似したその臭気に顔を顰《しか》めながら、僕は天井を指さして声を上げる。

「照明設置!」

『家具設置』のレベルが上がったおかげか、そこそこ豪華な照明器具が天井で灯りを点した。

だが、部屋の中が明るくなったのと同時に、僕は「ひっ!?」と、喉の奥に声を詰める。

見渡す限り、どこもかしこも赤、赤、赤。

部屋の奥半分は、血まみれ。

床は血だまり、血は天井にまで飛び散り、雨漏りのように赤い雫が、ポタポタと滴り落ちている。

「良いところに来たデビ。丁度、呼びに行こうと思ってたとこデビよ」

扉を入ってすぐの位置に立っていたリリが、こっちを振り向いて屈託のない笑顔を浮かべた。

だが、僕にしてみればそれどころではない。

彼女の立っているその向こう側、部屋の奥の壁にもたれかかって血まみれになっている人物を目にして、ドン引きしていた。

「……限度って言葉、知ってる?」

そこにいたのは、もはやあの女刑事さんではなかった。

丸坊主に刈られた頭。頭の先からつま先まで、絡まった蔦《つた》のようなトライバル柄の入れ墨を刻み込まれ、耳・瞼・頬・鼻・舌・へそ・乳首・陰部に到るまで、身体中を無数のピアスに貫かれている。

乳房はバスケットボール大にまで肥大して床の上へと垂れ下がり、口元からだらしなくはみ出した舌、その先端は蛇のように二つに分かれていた。

「えへぇ………えへへぇ、あはっ、あはっ、ひひっ……」

彼女は、喜悦に我を失った目つきでこっちを眺めながら、だらだらと涎を零し、時折、股間からぷしゅっ！　と、液体を噴き出している。

（アカン……これ、アカンやつや）

見ているだけで、トラウマになりそうなビジュアル。僕の眼に彼女は、もはや醜いクリーチャーにしか見えなかった。

「はい、リョーコちゃん、おまえのご主人さまが来たデビよ」

リリがそう声をかけると、クリーチャーがゆらりと揺れながら、寺島さんの声でうわ言を言う。

「う、うぅ……ごしゅりん……た、ま？　えへぇ……ボヘッ！　ごしゅりんたぁまだぁ……えへへぇ、あはっ、ゴエッ！　らいすきれしゅぅ、ボヘッ！　……えへへぇ、ごしゅりんたまぁ」

「ゴエッ！」とか「ボヘッ！」とかいう度に、カクカク小刻みに震えるのが、めっちゃ怖い。

（……やべぇ）

思わず後退《あとずさ》る僕に、リリが笑顔でこう告げる。

「というわけで、『隷属』の一歩手前まで来たデビ。あとはフミフミが快感を刻み込んでやれば、この女はフミフミの奴隷デビ。さあ抱くデビ！」

「これを!?」

ムチャクチャである。

これは流石に無理。勃つものも勃たない。あのキリっとした美人刑事さんならともかく、今の彼女は謎のクリーチャーである。

「人間やめるって、レベルじゃねーぞ！」

「むぅ……あんまり好みではないデビか？　これでも大分原形に近づけたんデビが……」

「好みとか、もうそんなレベルじゃないだろ、これ！」

「むぅ……どういうわけかトーチャーは、この女をやけに気に入ったみたいデビ。ちょっと気合いが入りすぎたみたいデビな」

リリの隣で片膝をついて控えていたトーチャーが顔を上げる。

頭陀袋を被っているせいで表情はわからないが、彼女の素振りは、どこか誇らしげに見えた。

「褒めてないからな。流石にこれは抱けない」

「仕方ないデビ。トーチャー、髪型は治すデビ」

「治せるの？」

「もちろんデビ。昨日もそう言ったデビ」

「じゃあ、あとおっぱいのサイズとスプリットタンとピアスと入れ墨もよろしく」

「全部じゃないデビか！」

「うるさい、治せ」

「いや、しかしおっぱいをあそこまで大きくするのに、リリがどれだけ……」

「な・お・せ」

「ううっ……仕方ないデビ。トーチャー」

トーチャーは明らかに不満げな様子で立ち上がると、彼女に向かって手をかざす。

すると、手をかざした箇所から順に、クリーチャーが元の女刑事、寺島さんの姿へと戻りはじめた。

だが、顔から入れ墨が消え、ピアスがコロンコロンと床の上へと落ちた辺りで、トーチャーが、リリに何やら訴え始める。

「うぅうう、ううっ！」

「背中とお腹のタトゥーは、会心の出来なので残させてほしいと言ってるデビ」

「まあ、それぐらいなら。あー、あと乳首のピアスも残していい」

乳首ピアスや多少の入れ墨なら、エロくてグッときたりもする。

（あとはこの血まみれの部屋だけど……新しい機能を試してみるか）

「内装工事《インテリアコンストラクション》」

さっき手に入れたばかりの機能を、さっそく試してみることにした。ためしに壁と床をすべて大理石に入れ換える。

壁と床、その全てが瞬時に血まみれの石畳から、真新しい大理石へと入れ替わった。

「これでよし……と」

寺島刑事のほうへ目を向けると、彼女は大理石の床にぺたんと横ずわりで座りこんでいる。

クリーチャーのイメージを振り払うのは一苦労だが、基本的には美人だ。

血まみれの身体は、治癒の間に綺麗になっていて、乳首に嵌められたリングピアスと、下腹部に刻み込まれた紋章のようなタトゥーがめちゃくちゃエロい。

だが、その眼は呆然と宙を泳いでいて、口元からは涎が滴り落ちたままだった。

「頭は治さなかったの？」

僕がそう問いかけると、リリがニヤッと口元を歪ませる。

「これはこれで良いんデビ。絶頂に達した瞬間に精神を治すことで、完全に頭の中に快楽を焼き付けてやるんデビよ」

気が付けば、寺島刑事は足下へ這い寄って、僕の足に頬を擦り付けている。

「今、この女の頭の中は剥きだしの本能だけデビ。フミフミがご主人さまとして、躾《しつ》けてやらなきゃダメデビよ」

「躾けるって……？」

「簡単なことデビ。ただ激しく犯してやれば良いデビよ。ご覧の通り、前戯なんてまるで必要ないデビ」

どこか人を蔑むような目つき、ウェービーな大人っぽいショートカット。シャープな顎のラインは同級生の女の子たちとは全然違う大人の女。

キリっとした昨日までの彼女の姿を思い起こせば、今のアヘ顔は股間にクるものがある。

僕は髪を掴んで、彼女に顔を上げさせる。

「あ、あはぁ……」

そして、喜悦混じりの声を漏らす彼女に、僕はこう告げた。

「よおし……いい子だ。今からたっぷり躾けしてやるからな」

✖雌奴隷——寺島涼子の誕生

「んっ、あうぅ……」

髪を掴んで引っ張り上げると、寺島刑事は痛みに顔を歪めながらも、どこか愉悦を感じさせる表情で僕を見上げた。

「乱暴にされるのが好きみたいデビよ」

「みたいじゃなくて、そう変えたんでしょ？」

「あはは！　そうともいうデビ」

ふわふわと宙に浮かびながら、リリが楽しげに笑う。

寺島刑事とは昨日会ったばかりなので、名前と職業以外は何も知らない。

正確な歳もわからないが、恐らく二〇代半ばぐらいだと思う。僕からすれば、大人の女性だ。

それを自分の好きにできるというのだから、興奮するなというほうが無理というものだろう。

今、彼女の瞳は情欲にまみれて潤み、だらしなく開いたままの口元からは、涎がだらだらと滴り落ちている。

昨日の事情聴取の時の冷ややかな顔つきを思い出しながら、今のアへ顔を眺めていると、知らず知らずのうちに、股間が痛いほどに張り詰めていた。

「寺島……涼子さん？」

「あ、あぃ……ぃ」

「僕が誰かわかる？」

「ご……しゅりん……しゃま、れしゅぅ……」

するとリリが自慢げに胸を張った。

「快楽を与える時には、フミフミに抱かれる幻影を見せながら。恐怖と痛みを与える時には、フミフミに見捨てられる幻影を見せながら。何度も何度も、心と身体を壊しては再構築を繰り返した結果がこの状態デビ。あとは本物をぶち込んでやるだけデビな」

「……なるほどね」

つまり彼女にとって僕は、既に何十回、もしかしたら何百回と身体を重ねてきたご主人さまであり、僕に捨てられることは、すさまじい恐怖と痛みの記憶に結びついているということだ。

ならば、何一つ気を使う必要はない。

僕は寝巻きがわりのスウェット、そのズボンをパンツごと脱ぎ捨てる。

天井を向いて、雄々しく漲《みなぎ》る怒張。それを目にした途端――

「ンひっ⁉　あひぃぃぃっ！」

彼女が唐突に声を上げたかと思うと、ビクンビクンと身を戦慄《わなな》かせ、はぁはぁと肩で息をし始めた。

「きゃははっ！　フミフミのを見ただけで、イッちゃったみたいデビ」

「おいおい、マジか……」

僕は、息を荒げる彼女の腕を掴んで無理やり立ち上がらせ、そのまま壁面に彼女の顔を押し付ける。

「あぅうっ……」

無様に歪んだ彼女の横顔。綺麗に整えられた細眉がハの字に歪んで、苦しげな呻き声が唇から漏れた。

途端に、ゾクゾクっと背筋を何かが駆けあがってくる。

なんだかんだと言いながら、僕も結構サドッ気が強いのかもしれない。

「ほら、ケツをこっちに向けろ」

「あぅぅ……」

壁に手をつかせて、彼女の尻をパンと叩く。強引に背を向けさせると、その白い肌に刻まれたタトゥーが目に飛び込んできた。

「……翼？」

他の部分に描かれていたタトゥーとは異なるデザイン。肩甲骨から腰にかけて、彼女の背に刻み込まれていたのは、精緻な線で描かれた二枚の翼。

僕は、ちらりとトーチャーのほうを盗み見る。

もちろん、頭陀袋の下の表情なんて窺いようもない。

だが片翼を失った堕天使が、消すことを拒んだタトゥーがコレだということには、どこか感傷的なものを覚える。

とはいえ、いつまでも、それに浸ってはいられない。

張り詰めた僕の股間が萎えることはなく、失禁かと見まがうほどの淫水が、彼女の内腿を滴り落ちている。

淫らな欲望が、早く早くと僕ら二人を急かし続けているのだ。

僕は自分のモノに手を添えると、彼女の股間へとあてがった。

黒沢さんに比べると、やや色素の濃い陰唇。滴り落ちる雫を亀頭に擦り付けるようにその形をなぞってやると、めくれあがった淫らな襞の内側は鮮やかなピンク色。

期待に満ち満ちた吐息、ねだるような視線。彼女は甘えるように身を反らした。

「挿入《い》れるよ、寺島刑事」

あえて刑事だと口にすると、彼女の名に言いようもない背徳感が絡みついた。

僕は立ちバックの体勢で、彼女を犯す。ムチャクチャにする。吸った息を細く長く吐きながら、膣前庭を尖端でかき混ぜ、そのままズブリ、ズブリと膣内へと肉棒を沈めていく。

「あっ、ひっ、あぁぁぁっ、あっ、あっ、ぁ……」

じゅぷっ……と、お湯の中へとつけこんだような感触。トロトロの熱い液体が絡みついて、ぬるついたゴム質の粘膜帯がぎゅっと僕のものを締め上げてくる。

(やばい……寺島さんのここ、ムチャクチャ気持ちいい)

これだけ濡れていれば、大した抵抗もなくにゅるんと簡単に挿《はい》ってしまうものだと思っていたのだけれど、とんでもない。

「きつっ……」

まるで手で握られているかのような、すごい締め付けだ。

僕は快感と、皮を引っ張られるような鈍い痛みに顔を歪めながら、ズブズブと腰を沈め、締め付けてくる肉の輪を強引に押し広げていく。

「ンんっ……、ああっ、あっ、あ、あああぁぁ……」

一センチまた一センチと、僕のモノが内側を掘り進む度に、彼女は身を強張らせて、甘い声を漏らした。

やがて、膣奥の一層狭くなった場所、その最後の関門を突破した途端、勢い余った僕の肉棒は、ズルっと奥へと入り込んで、衝突するように彼女の子宮を圧し潰す。

その途端――

「ぎゃん!?　ンっあぁぁあああああああぁ！」

彼女は頭をぶつけた大型犬みたいな声を上げて、ウェービーな髪を振り乱し、激しく頭を振った。

どうやら、またイッてしまったらしい。

身体に力がこもって、膣壁が一層強く僕のモノを絞めつけてくる。適度に筋肉のついた彼女のしなやかな脚が、小刻みに震えていた。

（ふふっ……）

膣の奥の奥、亀頭の尖端に感じるやや硬い肉の感触。ここがこの女の一番奥だ。僕はこの女を征服したのだと思うと、自然と喉から笑いがこみ上げてくる。

考えてみれば、寺島さんが成人した頃、僕はいくつぐらいだったのだろう。……たぶん、小学生高学年か中学生。

そんな年上の女を征服し、かしずかせ、これからずっと自分の良いように弄んでやるのだと思うと、ただでさえ張り詰めていた股間が、さらに大きくなったような気さえした。

寺島涼子という女の、ここまでの人生は全部無駄。全て台無し。あとは僕の奴隷として、生きていくしかないのだ。

そう思うと、もう我慢できなかった。

「たまらない……なッ！」

僕は肉棒を抜けるか抜けないかというところまで引き抜き、彼女のくびれた腰をつかんで、一気にそれを叩きこむ。

「ぎゃぁあああああああっ！」

断末魔の悲鳴かと思うような声を上げる彼女。当然だ、何せ彼女は絶頂の真っ只中にいたのだ。だが容赦する気はない。もう止まれない。

僕は、全力で腰を打ち付け始めた。

「ぎゃん、ぎゃひっ！　んぁっ、あひっ、あん、あひっ、あっ、あっ、あ、あ、あ、あん……」

次第にリズムを持ち始める喘ぎ声。バンバンバン！　と、はちきれんばかりに膨らみ上がった睾丸が、彼女の股ぐらに打ち付けられる。

ぶるん、ぶるんと揺れる乳房、その先端のリングピアスに指をかけてやると、がっぷりと僕のモノを喰い占めている肉の輪がきゅっと収斂《しゅうれん》した。そこでリズムを変える。決して、楽はさせてやらない。

「あ、あ、あ、あ、あ、あ、あひっ、あ、あッ、ああん……」

ストロークを短くして、きゅんきゅんと震える産道を蹂躙すると、途端にリズムが崩れはじめ、彼女は激しく髪を振り乱す。

二人が繋がっているところは、既にぐちゅぐちゅと生々しい音を立てて泡立ち、愛液が雫となって肌に張り付いた陰毛を伝って滴り落ちていた。

「あぅう、あぅう……んひぃぃいぃいぃい!?」

たぶん、彼女はずっとイきっぱなし。その証拠に、彼女の膣肉は搾精《さくせい》の本能のままに、子種を求めて蠕動し続けている。

そのせいで、思ったよりも限界の訪れが早い。彼女の膣の具合が良すぎるのだ。

踏みつけにしたホースのように、根元で蟠《わだかま》る精液。我慢できないほどに、射精欲求が高まってくる。

ラストスパート。腰の動きはさらに速さを増し、深く、強く彼女の内側をえぐる。

「あ、あひっ、あひっ、ひぃ、ひぃ、あん、あぁぁぁ、あぁ……」

彼女の尻肉に叩きつける音。それが、パン！　パン！　と、次第に破裂音のように高く、大きくなっていく。

そして——

「くっ！　だ、出すぞ、涼子！　イクっ！」

とどめとばかりに、おぞましく膨れ上がった肉の槍。それが彼女の花芯を力任せに貫いた。

「んあぁぁぁぁあぁぁぁあぁぁぁぁあぁぁあぁあぁあぁぁぁ!!」

彼女は弓なりに背を反らし、肉食獣の雄叫びのような声を上げる。リングピアスが勢い任せにひっぱられ、乳首が歪に伸びた。

びゅっ！　びゅるる！　びゅびゅっ！　びゅるるるるっ！

その瞬間、彼女の膣の奥の奥、子宮目がけて激しく精液が噴き上がる。

「んあっ！　んあっ！　んんんぁあああっ！　ああっ！」

彼女は激しく頭を振り乱し、豊かな乳肉がぶるんぶるんと激しく揺れた。

その時、リリが声を張り上げた。

「トーチャー！　仕上げデビ！」

この時を！　この瞬間を待っていたのだ！

トーチャーの手が光って、寺島涼子の顔つきが正気に戻る。

「な、なんなの！　こ、これっ⁉　っ⁉　ひぃ⁉　や、やめっ……き、木島ァアアア！　ゆるさな……」

だが、それも一瞬のこと、彼女の正気は押し寄せるすさまじい快感の中に押し流されていく。

「あはぁぁあああぁ……ん」

遂には、黒目がぐるんと上向いて、彼女は最高にみっともないアへ顔を晒し出した。

夏場の犬のように、大きく開いた口から舌をはみださせて、喜悦まみれのだらしないイキ顔。

力なく壁面にもたれかかって、白目を剥いたまま、「えへ、えへ……」と口元をひくつかせる。

ブシャアアアアアッ！

そして最後に、彼女は尿道から黄金色の体液を迸《ほとばし》らせた。

『寺島涼子の状態が『隷属』へと変化しました。それに伴い、以下の機能をご利用いただけます』

『・奴隷召喚《サモンスレイブ》――隷属状態の者を主人のもとへ転移させられます』

『・独白《モノローグ》――部屋の中が真っ暗な時に限り、同室にいる人間の心の声を聞くことができます』


部屋の中に響き渡る、例の合成音声を聞きながら、リリが喜色混じりの声を上げた。

「大当たりデビ！　『独白《モノローグ》』は、羽田ちゃんの調教には丁度いいデビ！」

それを無視して、僕は足下へと目を向ける。

「ちゅぷっ、あぁん……ご主人さまぁ、私の……ご主人さまぁ……はぁん……」

倒れ込んだままの寺島刑事が、うっとりと僕の足の指を口に含んで、ちゅぱちゅぱとしゃぶっていた。

あの、凛々しい彼女はもう死んだのだ。ここにいるのは、ただの浅ましい性奴隷、寺島涼子だ。

「で、リリ。これから寺島さんはどうするの？」

「別に、普段の生活に戻らせるだけデビ。いうなれば、彼女の価値観の中心がフミフミに置き換わっただけデビ。フミフミ以外のことには何も興味がなくなっただけ、それを除けば、何も変わっていないデビよ」

「僕、寺島さん、気に入っちゃったよ。できたら手元に置いておきたいな」

「とりあえず、一旦戻らせなきゃ面倒なことになるデビ。必要なら『奴隷召喚《サモンスレイブ》』で、いつでも呼び出せるデビよ。　ただ……」

「ただ……何？」

「たぶん、すぐに飽きると思うデビ。やっぱり雑に仕上げたものは面白味に欠けるデビ。黒沢ちゃんのほうが、仕上がり具合はずっと面白くなるデビよ」

×××

『美鈴……こっちにおいで』

差し伸ばされた手を掴もうとしたその瞬間、アタシは目を覚ました。

瞼を開いても、そこにあるのは深い闇。冷たい床の感触。例によって、アタシはあの暗い部屋の中にいた。

いや、わかっていた。もう二回目なのだ。

あの豪華な部屋で眠りについた翌日は、こうなることはわかっていた。

だけど、やっぱり凹む。

暗闇の中でアタシは、おそらく扉があると思う方角に目を向ける。想像してみる。

扉の形に光が差し込んで、彼のシルエットが浮かび上がる。

『美鈴……』

彼がアタシの名前を呼んでくれる。彼に抱かれている時は寂しくない。温かい。同じ部屋なのに、明るい色彩に満ちているような、そんな気がした。

「木島くん、早く来ないかな……」

アタシは膝を抱えて、そう呟いた。

《つづく》

特別収録　フリージア　クリスマスの教訓

世に『性の六時間』などという言葉もございますが、クリスマスというのは、ワタクシたち淫魔《サキュバス》にとって、盛大に精を貪ることのできる一大イベントでございます。

え？　悪魔がクリスマスを祝って良いのか？　良いのです。犯《ヤ》れるならなんでも。ハレルヤ、インモラルセックスアンドエクストリームプレイでございます。

そんな、素晴らしい日を目前に控え、ワタクシは淫魔《サキュバス》族の長として、若い淫魔たちに少し教訓めいたお話をすることにいたしました。

それは、ワタクシが女刑事寺島涼子さまを捕獲した日のお話でございます。

その日の深夜、ワタクシは自室のベッドで寝息を立てておられるフミフミさまを見下ろしながら、口元を緩めました。

千載一遇のチャンスというのは、まさにこういうことを言うのでしょう。

その少し前、フミフミさまが、魔界の栄養ドリンクの過剰摂取《オーバードーズ》で暴走され、美鈴お嬢さまを犯り殺す寸前まで犯しまくったあの日以来、ワタクシはチャンスが巡ってくるのを一日千秋の想いで待っておったのです。

あれほどの濃厚な精の匂いを嗅がされておきながら、それを味わえぬなどお預けもいいところ。お姫ぃさまは寝取られたと思われるかもしれませんが、これに関しては我々淫魔のアイデンティティに関わる問題なのです。

手の届くところに大好物があるのに、手を出さずにいられるでしょうか？　いいえ、無理です。お姫ぃさまがお召し上がりになる前に、お毒見をしておくのは決して悪いことではないでしょう。

そもそも淫魔に寝取るという概念はありません。

人間のいう寝取るという概念に一番近い概念となると凡《およ》そつまみ食い、もしくは食い逃げといったところでしょうか。男性は基本的に食糧でございます。

ゆえにバナナやソーセージと男性器の形が一緒なのも当然の話。チョコバナナなどもはや悪ふざけとしか思えません。え？　なにを言ってるのかわからない？　ご安心ください。私にも分かりません。

さて、それはともかく、時刻は深夜、お姫ぃさまはトーチャーと一緒に、女刑事の肉体改造に夢中になっておられました。たぶんその頃、『部屋』の中では、グログロのグロ、スプラッタマニア垂涎の光景が展開されておったのではないかと推測いたします。

基本的にお姫ぃさまは没頭すると周りが見えなくなるタイプです。このタイミングであれば、少々無茶をしたところで気づかれる恐れはございません。

「はぁ……」

思わず零れ落ちる吐息も熱うございます。

フミフミさまが美鈴お嬢さまに無茶をした日の、あの事後の惨状を思い起こせば、興奮が収まりません。あれだけ極上の精の香りです。もはや淫魔《サキュバス》ホイホイとしか言いようがありません。今すぐ襲い掛かってしまいたいところではございますが、ここでくんずほぐれつしては親御さまにも気づかれてしまいます。

ワタクシは、そっとフミフミさまを小脇に抱えると、空間を割って、美鈴お嬢さまのために用意したあのお部屋へと移動しました。ご存じ、ホテルのスウィートルームのようなあのお部屋でございます。

もちろん美鈴お嬢さまは、もう通常の監禁部屋に移動済み。ぬかりはございません。

「フミフミさま。起きてくださいまし」

ワタクシが声を掛けると、フミフミさまの瞼《まぶた》がピクリと動きました。そしてフミフミさまは、焦点の合わない虚ろな目つきのままに周囲を見回して、ぼんやりとした口調で呟かれました。

「……なに？　どこ？　ここ？　誰？」

「夢の中でございます。ワタクシは通りすがりのメイドでございます」

「夢……？」

「ええ、フミフミさまの北欧系銀髪美人メイドをペロペロして、ズッコンバッコン犯してぇという願望が見せた淫夢でございます」

「僕、そんな具体的な願望持ってんの!?」

「それはもう。ですから、フミフミさまの願望を具現化したワタクシがここにいるというわけでございます」

「な……なるほど」

もちろん真っ赤なウソでございます。但し、全てが終わった後、ワタクシのことは夢のように忘れていただくことになりますが。

「というわけで、フミフミさまは、ワタクシをご自由に召しあがっていただくことができます。なにせ夢でございますので」

「あーなるほど……うん、じゃあ、お休み」

「ちょ！　ちょ、ちょっとお待ちください！　このワタクシの豊満な肉体を自由にできると申しておりますのに！　なぜでございますか！」

再びベットに倒れこんで背を向けようとするフミフミさまに、ワタクシは思わず声を上げました。

「えー……だってさ。夢なんでしょ、これ？　正直、真咲ちゃんのことがショックでそんな気分じゃないし、明日からは黒沢さんとか刑事さんを相手にしなきゃいけないわけだし、なにより真咲ちゃんも攫ってきたところだし……うん、間に合ってるっていうか……現実でエッチできるのに、夢精でもしたらもったいないじゃん」

なんということでしょう。夢設定がまさかの裏目に出てしまいました。しかし、ワタクシほどの美女を前にして、この反応は有り得ません。フミフミさまでなければ、ＥＤを疑うところでございます。

甚《いた》くプライドを傷つけられたワタクシは、こうなったらと強硬手段に出ることにいたしました。ワタクシはフミフミさまに背を向けて、胸元から取り出した小瓶のフタを開けます。

ご存じ、魔界の栄養ドリンクでございます。

ただし、お姫ぃさまがフミフミさまに飲ませている安物ではなく、大人の購買力を見せつけたハイグレードな一品。日本円に換算すれば、一本五千円もする、ゾンビの腐ったナニですら、ギンギンにおっ立つと噂の栄養ドリンク。その名も『皇帝液』でございます。

それを一本丸まる口に含み、ワタクシはベッドの上に這い上がってフミフミさまへと迫りました。

「な、なにを……んぐっ！」

そして、後退《あとずさ》るフミフミさまへと飛び掛かり、その唇を強引に奪って、一滴残らずお口へと流し込んで差し上げたのです。

「けほっ、けほっ、は、離して！」

むせながら、慌ててワタクシを払いのけるフミフミさま。

ですが……もう手遅れでございます。

「うがぁぁあああああああああああああああああああっ!!」

（キタ！　キマシタワー！）

響き渡る雄の咆哮！　甦れ野生の本能！

ケダモノと化したフミフミさまは、一度は跳ねのけたワタクシの手を掴んで、力ずくでベッドの上に組み敷かれました。

「あ～れ～ぇ～お許しくださぃ～」

ワタクシはあえて甲高い声で叫びます。実にわざとらしい演技ではございますが、そこはそこ、様式美は大切にしたいものでございます。

それにしても、『皇帝液』の恐ろしいほどの即効性。一本五千円はダテではありません。ワタクシを見下ろすフミフミさまの目つきは血走って、毛は逆立ち、身体中の血管が浮き上がっておられます。

(さあ、その獣欲を全てワタクシにぶつけてくださいまし！　まずはセオリー通り、ワタクシの自慢のお口で、ヌイて差し上げます……って、あ、あれ？　身動きできません……うそ)

驚きました。人間の力で上位淫魔《エルダーサキュバス》たるワタクシを押さえ込むことなど、できようはずがございません。だというのに、現にワタクシは完全に押さえ込まれてしまって、払いのけることもできませんでした。

「ちょ、ちょっと、お、お待ちください、フ、フミフミさ……ひぃっ!?」

これには流石に焦りました。めくれ上がるスカート、膝でワタクシの股を割って、力ずくで下着を剥ぎ取ると、フミフミさまは一瞬でスエットのズボンを脱ぎ捨て、硬くそそり立った肉槍を躊躇なくワタクシの秘裂へと突き込んで来られました。

前戯一つない、まさにケダモノの所業、処女ならばこの一突きで痛みに悶絶していることでしょう。ですが、サキュバス族の女陰は二四時間、三六五日濡れそぼり、いつでも受け入れ可能。まさにコンビニエンスマ〇コと申し上げても良いでしょう。

「あっ、あんっ、はぁん……」

名器の中の名器、魔界の九十九髪茄子《つくもかみなす》とさえ呼ばれる私の狭隘な粘膜帯をフミフミさまの剛直が荒々しく突き進んで来られ、ワタクシはその甘やかな刺激に思わず眉根を寄せます。

「あん、ああっ……素敵でございますぅ」

全く以《もっ》て、甘美な感覚としか言いようがございません。

これほどまでに力に溢れた突き込みは、随分昔、私がハッティ……現代ではヒッタイトと呼ばれているようですが、その国の皇后《タワナアンナ》を名乗っていた頃に、戯《たわむ》れに誼《よしみ》を結んだエジプトのラムセス王以来ではないでしょうか。

彼は人間にしておくのが惜しいほどの性豪で、ワタクシの娘と称して送り込んだサキュバス族のネプテラをその剛槍で屈服させ、彼女だけでは飽き足らず、ワタクシ自身にまで言い寄ってきたのですから、大したものとしか言いようがありません。まさに王の器というべきでしょうか。

「ふぁ……お、奥までぇ……」

やがて、フミフミさまの逞しい肉杭がワタクシの奥の奥へと入り込んで来られました。最後には大きく腰を跳ねさせて、ズンッ！　と体重を乗せた荒々しい突貫。

「んひぃぃぃぃいいいいいっ!?」

一気に子宮を圧し潰す予想以上の衝撃に、ワタクシは思わず身も世も無く声を上げてしまいました。腹部の奥深くで火を焚かれているような熱。身体が慄《おのの》き、皮膚が粟立ちます。ワタクシの肉真珠が、快感のあまり「やぁ！」と元気一杯に勃起して、自己主張するようにジンジンと痺れだしました。

たったの一突きで驚くほどの満足感。まさに腹持ちのよい粽《ちまき》のような一撃でございます。ですが、フミフミさまはそれだけでは飽き足らず、根元まで肉幹を埋没させた状態で、グリグリと腰を動かし、更に奥へ掘り進もうとなさいました。角度をつけて、まるでワタクシの背骨をへし折ろうとするかのように力任せに。

「くぅううっ、ぅううっ……」

これにはワタクシも、思わず呻き声を漏らしてしまいました。普通の人間であれば、もはや痛みしか感じないほどの圧迫感。まさに鬼の所業でございます。

（あぁっ……息ができませんわ、素敵、こ、殺されてしまいそう）

そして、限界まで肉樹を押し込んだ末に、フミフミさまはゆっくりと腰を引き、痛々しいほどに拡張されたワタクシの膣口からダボダボと、メス汁が掻き出されました。

「はぁぁん……んっ、あん……あ、あ、あん……ひぃいいいん！」

分厚く充血した柔花弁が雁肉に削がれ、ギリギリ抜けるか抜けないかというところにまで引き抜かれた肉棒で再び下腹をズシンと鋭く突かれれば、脳天まで串刺しにされたかのような快感が走ります。

最高でございます。身体が悦びに戦慄《わなな》きました。

そして二度、三度と、ワタクシの最奥を突き込まれた後、フミフミさまはゆっくりと、しかし力強く抽送を開始されます。

「あ……あ……あ……あっ、あっ、あっ、あっ、い、いぃっ！　んんっ、あっ、あっ、あんっ、ひぃっ、激しっ、い」

最初はゆっくり、そして次第に加速していく腰の動き。まるで離陸する航空機のように、加速し始めれば、フミフミさまはたちまちトップスピードに到達されました。

「あ、あ、あ、あ、あ、あ、あっ、あっ、ぐっ、んっ」

ベッドの脚が折れそうなほどの荒々しい抽送に、頭の中まで攪拌されるかのような感覚を覚えます。思考が形を成す前に壊されていく、そんな錯覚すら覚えました。

強烈な挿入を見舞われ、最奥を乱打されれば、甘く囀《さえず》ってしまうのは、淫魔《サキュバス》でも人間でも変わりはございません。バーサーク状態ゆえに、いささか単調といえば単調ではございますが、この荒々しさはそれを補って余りあります。

「んっ、あっ、あひっ、あ、あ、あ、ああっ、あんっ……」

強姦じみた荒々しい性交。ワタクシの大好物でございます。最奥目掛けて押し寄せる肉塊を咥え込み、ワタクシの膣襞はこの雄渾《ゆうこん》を離すものかと嬉々として収斂《しゅうれん》いたしました。

「んぁっ、あっ、あっ、あ、あ、あ、あっ！　ひぃん！　あ、あ、あっ！」

それにしても味わい深い。雁は高く、幹は太く、鉄のごとき硬さ。思った以上に余裕がありません。気づけば、ワタクシはフミフミさまの背中と腰に手足を絡め、我を忘れて処女のごとくに鳴いておりました。

(そ、そろそろ、絶頂を迎えられるのですね……)

フミフミさまが、ブルリと身を震わされるのを感じて、ワタクシは胸の内で安堵の吐息を漏らしました。ワタクシ自身、今にも気をやってしまいそうだったのです。ですが、そこで気を抜いたのはワタクシのミスでございます。

ワタクシの襞の内側でフミフミさまの逸物が、俄《にわ》かに一回りも膨張したのです。まるで海底に歯を立てる錨のごとくに肉傘が襞を巻き込んで、ワタクシの内臓を引きずり出さんと暴れました。

「なっ!? うひぃぃぃぃいいいいい!?」

これは強烈でした。

思わず目を見開いたまさにその瞬間、股間を打ちつける陰嚢がぐぐっと蠢き、ワタクシの中で砲門が火を噴きました。夥《おびただ》しい量の白濁液が洪水となってワタクシの子宮へと殺到してきたのです。

「イ、イクっ、イクっ、イクぅううう!」

まるで岩に当たって砕ける白波のごとき重層爆撃。理性の堰は呆気なく決壊し、バネ仕掛けの玩具のように黒目が飛びます。

(ワ、ワタクシが、こ、こんなに簡単にイかされるなんて!)

なにせ量が凄まじいのです。膣口を満たすだけに飽き足らず、ドロドロの精液が、ゴボボッと音を立てながら陰唇の隙間から卑猥な筋を描いて溢れ出ました。

(さ、流石は、お姫ぃさまが目を付けられるだけのことはございます……ね)

精力吸収《ドレイン》が全く追い付きません。まったりと濃厚な精ではございますが、満腹状態にも関わらず、強制的に口の中へと食べ物を突っ込まれているような状態です。

「はぁぁ……」

ひとしきりの吐精が収まって、ワタクシは大きく息を吐きました。もはや、満足どころか息をするのも苦しいような有様です。

フミフミさまが、ワタクシの身体の上に倒れこんでこられて、これで終了。

そう思った途端――

「う、うがぁあああああぁぁぁぁあああああああ！」

「う、うそ、そんな……うそでしょ!?　ひぃぃぃぃぃぃぃぃ！」

フミフミさまが、ワタクシの身体を強く抱きしめて、再び腰を打ちつけ始められたのです。

それも先ほど以上の勢いで。まさかの強制再起動です。

信じられませんでした。胎道を拡張する、先ほどまで以上に太ましく膨れ上がった肉槍。それが精液で満ちた最深部を激しく抉《えぐ》ってまいります。

流石にこれはマズいと必死に押し退けようとするも、万力のような力できつく抱きしめられては、逃げ出すことも叶いません。もはや、人形のごとくにされるがまま。突き通さんばかりに最奥を突き込まれて、ワタクシは思わず悲鳴を上げました。

「バ、バケモノッ！　放せっ！　放せぇっ！　いやぁあああ！　マ、マジでこ、殺される！」

言葉遣いに気を使っている余裕すらございません。襲い掛かってくる快楽に恐怖を覚えたのはこれが初めてでございます。

そして、朝方近くになって、フミフミさまがようやくワタクシの身体をお放しになった頃には、ワタクシは臨月を迎えた妊婦のようにぽっこりとお腹を膨らませて、潰されたカエルのような無残な姿でただ痙攣を繰り返しておりました。

「あぁぁ……ぁ……ぁ……ぁ……」

しばらくは無様にも呻き声を漏らすのが精一杯。再び動けるようになるまでには、かなりの時間を要しました。

サキュバスを性交で圧倒するなど、化け物としか思えません。『皇帝液』の力もあるのでしょうが、恐らくフミフミさまの素質が常軌を逸しているのでしょう。

どう考えても、耳年増の癖に処女のお姫ぃさまが敵う相手ではございません。その時を迎えるまでに何らかの対策を講じる必要がありそうです。

そして、ワタクシはぽっこりと膨らんだお腹を眺めて、ため息を吐きました。

どう見ても栄養過多です。実際、この日以降、しばらくワタクシはダイエットに励まねばならなくなったのです。

×××

そこまで話をした上で、顔を青ざめさせて静まり返っている若い淫魔《サキュバス》たちを見回し、ワタクシはこう告げました。

「クリスマスにお正月。年末年始は暴淫暴食にご注意ください」

と、まあ……そんな教訓話でございます。

《了》

あとがき

この度は拙作、監禁王①を御手にとっていただき、誠にありがとうございます。

毎度おなじみ、マサイでございます。

現状、マサイの代表作と言えば、この『監禁王』ということになろうかと思いますが、幸いにも読者の皆さまからご好評を得ることが出来、オルギスノベルでの既刊五巻の発売を経て、今回はブレイブ文庫への移籍となります。

二〇二〇年三月に第一話をウェブ投稿してから、ほぼ四年が経過いたしました。

今回の刊行に伴って、チェックのために本作を最初から読み直すことになりましたが、ちょっとビックリしました。それというのも、今同じものを書こうと思っても書ける気がしなかったから。はっきり言ってオーパーツです。

思い返してみれば、一巻部分を書いたこの時期は、文章をどうシンプルにするかに腐心していたように思います。この時期のフォルダに入っていたメモ書きには、『針の穴を通せる単語を探す』という一文がありました。四年前の僕はめっちゃストイックです。

技巧を凝らすことに必死になって足し算で文章を書けば読みにくくなり、シンプルでクリティカルな文章を目指して引き算で文章を書けば、幼稚なんじゃないかと思い悩む。寄せては退いてと波のように同じことを繰り返しながら今に到ります。

しかも書いている時の体調、メンタルの状態、周辺環境、気温、気圧、湿度で文体のコシや粘りが違います。ほぼうどんです。違いは足で踏んで捏ねるか、韻を踏んで捏ねるかの違いぐらいのもの。水分が多ければ麺が粘つくように、文章も感情を多く流し込めば粘つきます。やっぱ、うどんです。

まだまだうどん職人への道は半ばといったところ。りっぱなうどん職人になれるよう精進したいと思います。好きなうどんは、おろし醤油うどんです。

それでは、最後になりましたがH編集長始め一二三書房の皆さま、これまでのお仕事を通して、私が心からリスペクトするぺい先生、この複雑な物語を最高のコミカライズに仕上げてくださっているあしもとよいか先生とKADOKAWAの皆さま、見て見ぬふりをしてくれる家族、友人、オルギスノベル版、コミカライズ版、ウェブ版をお読みいただいた皆さま、そこで感想や励ましをくださった皆さま。

そして最後に、このブレイブ文庫版監禁王①をお買い上げくださった貴方に、心から御礼申し上げます。

願わくばお読みいただいた皆さまに楽しい時間をご提供できることを祈りながら、巻末のご挨拶とさせていただきます。

マサイ

BRAVENOVEL
ブレイブ文庫

監禁王 1

2024年2月24日　初版発行

著　者　　マサイ

発行人　　山崎　篤

発行・発売　株式会社一二三書房
〒101-0003 東京都千代田区一ツ橋2-4-3
光文恒産ビル
03-3265-1881

印刷所　　中央精版印刷株式会社

■本書は小説投稿サイト「ノクターンノベルズ」（https://noc.syosetu.com/）に掲載された作品を加筆修正し書籍化したものです。

ISBN 978-4-8242-0124-9 C0193